Max Monnehay

Dorf der Idioten

Max Monnehay

DORF DER IDIOTEN

ROMAN

Übersetzung aus dem Französischen von
Hans-Joachim Hartstein

eichborn

MIX
Papier aus verantwortungsvollen Quellen
FSC® C014496
www.fsc.org

Dieser Titel ist auch als E-Book erschienen

Eichborn Verlag in der Bastei Lübbe GmbH & Co. KG

First published as »Geographie de la Betise« by Editions du Seuil

Deutsche Erstausgabe

Lektorat Doris Engelke
Umschlaggestaltung: Pauline Schimmelpenninck Büro für Gestaltung, Berlin
Umschlagmotiv: © missbehaviour.de
Satz: Dörlemann Satz, Lemförde
Gesetzt aus der Centennial
Druck und Einband: GGP Media GmbH, Pößneck

Printed in Germany
ISBN 978-3-8479-0501-1

5 4 3 2 1

Sie finden uns im Internet unter www.eichborn.de
Bitte beachten Sie auch www.luebbe.de

Für meinen Vater,
für Clint Eastwood,
zwei gnadenlose Typen, die alles
im Griff haben.

Sobald ein Dichter erwacht, ist er ein Narr. Will sagen: intelligent.

JEAN COCTEAU, OPIUM, 1930

Dummköpfe: denken anders als man selbst.

GUSTAVE FLAUBERT, WÖRTERBUCH DER GEMEINPLÄTZE, 1931

Ich musste mir nur lange genug vorsagen, dass ich ein Zauberer war, und schon kamen kleine weiße Kaninchen aus meinem Hintern. Und aus meinen Ärmeln schossen englische Gärten, Regenbögen und andere Dinge hervor, ich weiß nicht mehr, was alles, ich habe nichts gesehen.

BASTIEN, IRGENDWO, IRGENDWANN

Anti-Lektion 1

Wenn ihr ins Dorf der Idioten aufgenommen werden wolltet, musstet ihr richtig schön dumm sein. Das war das einzige Kriterium.

Sonst zögerten wir nicht, euch mit kräftigen Tritten in den Hintern auf die Straße zu setzen, egal wie dämlich ihr tatet.

Und wir genossen es, das kann ich euch sagen! Unsere Tritte waren mit zwei Jahrhunderten der Schikanen und Demütigungen gepfeffert, denn jeder Dummkopf schleppt die Geschichte seiner Leidensgenossen mit sich herum, wie andere die Narben von lange vor ihrer Geburt krepierten Vorfahren spüren, von so entfernten Verwandten, dass nicht einzusehen ist, warum man sich mit ihrem Kreuz herumschlagen soll. Unsere Tritte katapultierten euch wirkungsvoller durch die Luft als ein Schaufelbagger, neuestes Modell.

Wir schickten euch dahin zurück, woher ihr

gekommen wart, oder woandershin, falls euch der Sinn danach stand, und auch gerne noch weiter weg, wenn die Aussicht, genauso klug als wie zuvor in euer Leben zurückzukehren, in Arbeit-Familie-Langeweile, schmerzhafter für euch war als die Streicheleinheiten, die wir euren kleinen Stadtärschen verpassten.

Euch blieb nichts anderes übrig, als der untergehenden Sonne entgegenzugehen, wie der Held mit dem zerbeulten Cowboyhut in einem Western von Clint Eastwood, und dazu noch mit einem verdammt unangenehmen Gefühl in der Gesäßgegend.

Ein paar Minuten genügten uns, um zu wissen, ob ihr tatsächlich Idioten wart oder einfach nur Simulanten. Es mag euch seltsam vorkommen, aber wir, die Idioten aus dem Dorf der Idioten, sahen auf den ersten Blick, ob eure Dummheit echt oder gespielt war. Man kann sagen, dass wir außerordentlich schlau waren, wenn es darum ging, unsere Leute zu erkennen.

Der Blinde erkennt den Blinden an der gedämpften Musik, die das Ballett seiner Hände begleitet.

Der Verrückte erkennt den Verrückten an der schlichten Tatsache, dass nur der ihn nicht für verrückt hält.

Das Absurdeste an der Geschichte war zweifellos, dass ihr euch verdammt dämlich vorkommen musstet, wenn ihr es nicht einmal geschafft hattet, als Deppen anerkannt zu werden.

Im letzten Tageslicht davonhumpelnd, eure verräterische Intelligenz im Gepäck, diesen lästigen Klotz, lästiger noch als die leichenstarre Leiche eurer verkorksten Existenz, einen letzten Blick über die Schulter zurück auf das Dorf werfend, in dem ihr glücklich, zumindest aber friedlich hättet leben können inmitten einer sympathischen Bande von Schwachköpfen – das war der Moment, in dem ihr euch wünschtet, nie gelebt zu haben.

Das jedenfalls ging mir durch den Kopf, als mich die Begeisterungsschreie der erbarmungslosen Legion erreichten, dieser Armee, die meine Fahnenflucht nicht akzeptieren wollte und meinen Namen skandierte, Bastien, Bastien, so herzzerreißend, dass ich schließlich beschloss, in ihre Reihen zurückzukehren.

Ja, das ging mir durch den Kopf, damals, einen Monat, fünf Tage und vierzehn Stunden, bevor ich mich in die Flammen warf und mich dabei halbtot lachte.

Anti-Lektion 2

Ja, genau das ging mir durch den Kopf, einen Monat, fünf Tage und vierzehn Stunden, bevor mein Oberkörper und mein Kopf zur Fackel wurden, die wie ein Feuerkreisel durch die schwarze Nacht wirbelte, und niemand weiß, ob ich mich nicht immer noch kaputtlache.

Ich dachte an die armen Typen, die durch die Entfernung zu winzig kleinen Figuren geschrumpft waren. Durch die Entfernung und, vor allem, die Demütigung.

Jetzt, einen Monat, fünf Tage und vierzehn Stunden später, kann niemand mehr mit Bestimmtheit sagen, ob hinter dem hübschen Feuerbrei meiner verkohlten Gliedmaßen das Lächeln, das ich zur Schau trage, einen anderen Grund hat als den, dass meine Ober- und Unterlippe vollständig verbrannt sind. Damals fragte ich mich, ob wir vielleicht keinen Deut besser waren als diese armen Typen, die wir so schlecht behandelt hatten. Die armen Winzlinge am Horizont. Aber es kostete mich keine große Mühe, nicht mehr an unangenehme Dinge zu denken.

Überhaupt nicht mehr zu denken.

Meistens machten die Bewerber grobe Fehler, sie grinsten albern, zogen ausgiebig den Nasenschleim hoch, bohrten mit ihren Aspirantenfingern in höchst ungewöhnlichen Regionen der Nasenlöcher und verrenkten ihre Körper zu übertriebenen Posen, was wie eine Parodie wirkte. Diese Kandidaten für die Glückseligkeit hatten nicht begriffen, dass ein echter Dummkopf sein Leben lang bemüht ist, sich seine Dummheit nicht anmerken zu lassen, dass er sich ständig zwingt, weniger dumm zu erscheinen, als er in Wirklichkeit ist, und dass er die Reflexe, die er sich mühsam angequält hat, nicht so leicht loswird.

Kurz und gut, wir, die Idioten aus dem Dorf der Idioten, kapierten sofort, dass ihr gerissene Betrüger wart, wenn ihr euch wie Trottel benahmt.

Und wenn ihr beschlossen hattet, Samstag mit Sonntag oder Montag mit Dienstag zu verwechseln, damit die Täuschung noch echter wirkte, konntet ihr sicher sein, das Wochenende nicht in unserer Gesellschaft zu verbringen.

Wie dem auch sei, das Leben war für uns angenehm und leicht, so wie es das Leben sein kann; denn der Gedanke an langlebige Grabsteine tröstete uns über den Tod hinweg.

Die Tatsache, dass man dir, wenn du die Welt verlässt, automatisch ein Stück von eben dieser Welt zugesteht, dazu noch ein so solides Stück, ein Stück aus einem Felsen, für den die Zeit nichts weiter ist als ein sanftes Streicheln über den Rücken, ein Schaudern der Flanke, diese bloße Tatsache reicht aus, den Tod zum Teufel zu schicken.

Einige von uns sagten, schrien es bisweilen sogar heraus, weil die Ewigkeit ja bekanntermaßen zur Taubheit neigt: »Ich werde nicht tot sein, nie, ich werde ein Stein sein, und mein Name, der darauf steht, wird es euch beweisen!«

Befreit von dieser Urangst, auf die alle anderen Ängste zurückgehen, kann der Idiot auf dem Drahtseil balancieren und über den Abgrund lachen, der unter ihm gähnt.

Er allein hat die Kraft, dem Nichts zu trotzen, das am Ende alles verschlingt und vor dem die übrige Welt nur in die Knie gehen kann.

Wir waren recht freundlich, alle, freundlich und dumm wie Bäume. Gedacht haben wir fast nie.

Wir waren dermaßen unterbelichtet, wir, die Bewohner jenes abgelegenen Dorfes, wir vergaßen manchmal sogar, dass wir sprechen konnten. Dann waren unsere Unterhaltungen nicht mehr als plumpe Bewegungen dicklicher, behaarter Wesen mit abgeknabberten Fingernägeln. Ramponierte Finger verrenkten sich vor Mündern, die großen, rosafarbenen Löchern glichen, und Speichel spritzte aus Kehlen hervor, wenn der eine Idiot nicht verstand, was der andere Idiot sagen wollte.

Die Regierung hatte alles dafür getan, damit wir, die Idioten aus allen Dörfern Frankreichs, vor Dummheit rot werden mussten, und so erblickte am Ende eine amtlich nicht zugelassene Gesellschaft das Licht der Welt.

Der erste Dorftrottel war etwas schlauer als seine späteren Genossen, sonst wäre ihm die Idee, eine Gemeinschaft zu gründen, in der er und seinesgleichen in Frieden leben konnten, niemals gekommen.

Doch er war und blieb ein Trottel, wenn man der Definition des Wortes Glauben schenken will, wohingegen all die Hornochsen seelenruhig umherspazieren in der Gewissheit, keiner zu sein.

Anti-Lektion 3

Der Idiot, der keinerlei Gewissheit hatte außer der, keine zu haben, war Pierrot.

Pierrot war hochgewachsen, stets frisch rasiert, die Haare angeklatscht, als hätte man ein Murmeltier in zwei Hälften geteilt, auf seinen Kopf gelegt und glattgebürstet. Mit Hilfe billiger Pomade an den Schädel geklebt, glänzte es so feucht, dass Pierrot zu jeder Tages- und Nachtzeit wirkte wie soeben dem Wasser entstiegen.

Im Dorf gab es kein Schwimmbad und, soviel wir wussten, auch keinen Ozean. Man musste sich das Meer vorstellen, mit all den Dingen, die darin schwimmen, sogar Menschen. Was wir sahen mit unseren kleinen, immer wieder ganz neuen Augen, das war Erde, nichts als Erde, die sich in allen Schattierungen vor uns ausbreitete und schließlich abrupt ins Leere fiel, direkt hinter dem Horizont, dem sich keiner von uns je genähert hatte.

Dennoch stellte der eine oder andere Depp Pierrot immer wieder dieselbe Frage, jeden Tag: »Wie war das Bad, Pierrot?« Dann lächelte Pierrot, die ungeheuer weißen Zähne in dem Mondsichelmund brachten sein ganzes Gesicht zum Leuchten, ein strahlendes Johannisfeuer, und plötzlich glänzten seine Augen.

In solchen Momenten wirkte Pierrot eher wie ein Verrückter als wie ein Idiot. Vor allem sah er aus wie jemand, dem die Wahrheit scheißegal ist. Wirklich, so sah er aus.

Und Pierrot gab immer dieselbe Antwort: »Sehr gut, ich glaube, ich habe einen weißen Wal gesehen, weiter draußen, im offenen Meer.«

Das wirkte prompt: Der Depp war begeistert und Pierrot bestimmt glücklicher als jemand, der das Glück gehabt hatte, tatsächlich im Kielwasser eines Meeressäugetiers zu schwimmen.

Pierrot schien die Wahrheit vollkommen am Arsch vorbeizugehen.

Die Idee mit dem Test kam von ihm. Als die ersten Verdächtigen am Dorfeingang auftauchten, schloss er sich in seinem roten Haus ein, in seinen roten vier Wänden aus Backsteinen wie jenen, die das Dach über seinem Kopf gestützt hatten, als er noch ein Kind gewesen war, Mauern, die wie nach einem Gemetzel bluteten, wenn es regnete.

Er hatte vor, sich zwei oder drei Tage tot zu stellen in der Hoffnung, dass sich kein Idiot Sorgen um seine Sorgen machen würde.

Anti-Lektion 4

Mit zweiundzwanzig kümmerte mich mein Leben einen Dreck. Ich begnügte mich damit, ein Idiot zu sein. Glaubt ja nicht, dass das ein ruhiger Job ist.

Mein Leben kümmerte mich einen Dreck, und doch war ich der gestressteste Junge der Welt. Die vorwurfsvollen Blicke, die Seufzer und Beschimpfungen, die dir klarmachen, dass dich niemand vermissen würde, wenn du nicht geboren wärst, all das saugt die gesamte Energie aus dir heraus, noch bevor du die Gelegenheit hattest, irgendetwas mit deinen zehn Fingern anzufangen.

Ich stand auf, machte mein Bett, frühstückte zusammen mit Mam: frisch gepresster Beleidigungssaft, Omelette mit Enttäuschungen, gebutterter Toast mit Versagerkonfitüre, und mein Tag war gegessen.

»Vergiss nicht, Bastien: Das Frühstück ist die

wichtigste Mahlzeit des Tages. Und weil sie deinem Vater jetzt auch noch die Stütze gestrichen haben, wird es wohl die einzige bleiben. Ich rate dir deshalb zu essen, anstatt in deinem Omelett herumzustochern.«

Gerade war es mir gelungen, die Eierschalen, mit denen Mams Omelett übersät war, in Trüffellamellen zu verwandeln. Ich schloss die Augen und biss knirschend auf ein knuspriges Stück Schweinebauch. Auf ganz leckere Frühlingszwiebeln, frisch angebraten.

Mam machte ihre Drohungen, mich rauszuschmeißen, nie wahr, sie stieß sie nur der Form halber aus, denn die Plage, die ich für sie war, hatte sich zu einem unverzichtbaren Bestandteil ihres Lebens entwickelt. Ich führte also meine stumme Dummheit in der Dreizimmerwohnung spazieren, in der ich geboren worden war und in der ich sterben würde, falls die Dinge so blieben, wie sie waren.

Mein älterer Bruder hieß Ben. Er hatte das Elternhaus verlassen, um in Paris ein endloses Studium zu beginnen, das ihm einen wichtigen Posten in der Petrochemie, dieser obskuren Branche, und, wir wollen mal ehrlich sein, ein Gehalt garantieren sollte, das über einen so beschissenen Job hinwegtröstet.

Seine Stimme am Telefon war farblos wie Alaska, und ich hatte den starken Verdacht, dass die Petrochemie alles andere als ein Vergnügen war. Doch Ben versicherte immer nur, alles sei bestens. »Alles bestens, Mam, alles super.«

Und Mam war beruhigt.

Er wiederholte immer wieder: »Alles okay, ich schufte wie ein Tier, es könnte gar nicht besser laufen. Du brauchst dir wirklich keine Sorgen zu machen, Mam.«

Mein Zeigefinger drückte wie verrückt auf den Tasten des Telefons herum, denn ich sah voller Entsetzen, dass Mam sich ganz und gar keine Sorgen machte.

Im Gegenteil, sie verzog ihr Schmollmündchen zu einem breiten Grinsen voller weißer Zähne, während die Stimme meines Bruders meterlange Stalaktiten von den Küchenfenstern tropfen ließ.

Ich kapierte einfach nicht, warum Mams nackte Arme nicht so aussahen wie meine: bleich wie ein gerupftes Huhn.

Ich war eben nur ein Idiot, der wie wild auf den Telefontasten herumdrückte; dabei musste man sie nur leicht berühren, und schon funktionierten sie einwandfrei.

Ich muss gestehen, dass ich die Angewohnheit hatte, Kaugummikugeln nicht zu kauen, sondern ganz hinunterzuschlucken. Für mich waren das große runde Pillen mit Pfefferminz-, Erdbeer- oder Cola-Geschmack, dazu im Stande, mich von der Krankheit zu kurieren, die Mam regelmäßig dazu trieb, lächelnd ihre Fingernägel in meine Handgelenke zu bohren.

Und die Art und Weise, wie ich mit meinem Besteck hantierte, veranlasste unsere seltenen Gäste, ihre Teller vor mir in Sicherheit zu bringen. Und ihren Hintern. Eine Arschbacke in der Luft, wichen sie meinen Blicken und meinem Messer aus.

Meine Tischmanieren entsprachen der Rolle, die mir Mam am Tag meiner Geburt zugedacht hatte: der des Schwachsinnigen.

Vielleicht auch schon vorher.

»Bis bald, Mam.« Die Worte meines Bruders am anderen Ende der Leitung purzelten uns wie kleine Eiswürfel vor die Füße. Als Mam auflegte, fühlte ich mich so kalt wie eine verdammte Leiche.

Mam gelang es, mich aufzutauen, indem sie mich in die Wange kniff, bis Blut kam. »Hast du das Telefon immer noch nicht kaputt gekriegt, du Idiot?!«

Sogleich sorgte sie dafür, dass das schmerzhafte Andenken an diese Misshandlung durch eine weitere, spektakulärere ausgelöscht wurde, die noch mehr nach ihrem Geschmack war: eine saftige, schallende Ohrfeige.

Von meiner Schwester Sara hörten wir nur selten etwas, meistens in Form skandalöser Gerüchte, die uns von einer Nachbarin zugetragen wurden, die entzückt war von der Aussicht, uns fertigmachen zu können. Allem Anschein nach hatte Sara das Kostüm Modell »kleine Schlampe« angezogen, das Mam ihr am Tag ihrer Geburt eigenhändig geschneidert hatte.

Vielleicht auch schon vorher.

Sehr bald schon hatte meine Schwester das makellos glatte Plastik ihrer Puppen gegen das Fleisch von Vorstadtganoven aus der Gegend eingetauscht, welkes Fleisch, Fleisch, das man häufiger sieht, als einem lieb ist, und das, meist damit einhergehend, ein Unglück kommt selten allein, scheußlich tätowiert ist mit der üblen Tinte der Knasterfahrungen. Dass einer das Gesetz mit Füßen getreten hat, mag ja noch angehen, aber dass ein Adler auf seinem Unterarm, so hässlich wie eine Kröte, keinen Zweifel lässt, das ist unverzeihlich.

Sara hatte die Haustür zugeschlagen, als wir anderen an einem Sonntag, der seine Sonne in vollen Zügen auskotzte, zu einem Picknick aufgebrochen waren. Drei Traumtänzer, Hand in Hand, in der Hoffnung, den mit der Geburt des ersten Kindes gestorbenen Familiensinn wiederzubeleben. Mam, Pap, ich und rund zwanzig Dosen Heineken genossen gerade die frische Luft in einem schattigen Wald, als meine kleine verrückte wütende Schwester mit dem größten Vergnügen (bei der bloßen Vorstellung wird mir warm ums Herz) eine Abschiedsorgie feierte und die Küche verwüstete, Tisch und Stühle umschmiss, Wandschränke herausriss. Welchen Spaß ihr das gemacht haben musste, meinem Schwesterchen, und wie stolz ich auf sie war, das Geschirr in tausend Scherben auf dem Linoleum verstreut, ich frohlockte, gut versteckt hinter meinen Händen, als ich das herrliche Massaker sah, bis hin zu den Glühlampen, die sie aus der Fassung gerissen und im Spülbecken zerdeppert hatte. Wir haben Sara nie wiedergesehen.

Anti-Lektion 5

Die Fernsehsendung, in der Pierrot beleidigt wurde, lief am späten Abend im Ersten.

Es war Mam, die über das tägliche Fernsehprogramm entschied.

Mam entschied über alles, ehrlich gesagt.

Pap war nämlich das, was man allgemein einen versoffenen Penner nennt.

Die Hosen anhaben: Man muss sie erst mal anziehen können, die Hosen, um sie anzuhaben, und dein Vater sitzt schon seit vier Tagen in Unterhosen rum. Mam konnte einem die ungeschminkte Wahrheit so elegant ins Gesicht schleudern.

Die Sendung begann gegen 23 Uhr. Pap zog sich seine dreißigste Flasche Bier rein, und ich saß neben ihm und war dankbar dafür, dass ich zu blöd war, um auszurechnen, wie viele Liter das ergab.

Pierrot erschien gegen Mitternacht auf dem

Bildschirm. Pap schnarchte, die dreiunddreißigste Flasche zwischen die Schenkel geklemmt.

Pierrot redet über sein Projekt – ein Dorf der Idioten –, wobei er sich vom Gelächter der anderen Gäste und des Publikums nicht aus der Fassung bringen lässt.

Mam wirft mir einen besorgten Blick zu.

Ich tue so, als würde ich nichts kapieren.

Dazu muss ich sagen, dass ich mir das zur Gewohnheit gemacht habe, die inzwischen zu einem Reflex geworden ist.

Ich zerrupfe den Bezug des mottenzerfressenen Sessels zwischen den Fingern.

Das alte Stück ist nur noch Staub, und es fehlt nicht viel, dann sitze ich auf einem kleinen Aschehaufen.

Ich schaue auf den Teppich unter meinen Füßen und sehe nichts als Staub. Ich schaue auf den Schnickschnack aus Ton, der der Größe nach auf der Anrichte aufgereiht ist, und da sieht's auch nicht anders aus.

Ich schaue zu Pap hinüber.

Ratet mal, was ich sehe! Staub.

Eigentlich nur eine Frage der Zeit.

Und vor allem eine Frage der Fantasie, wenn ihr meine Meinung wissen wollt.

Mam sagt nicht, was sie sonst bei jeder Gelegenheit sagt: Hast du den armen Sessel immer noch nicht kaputt gekriegt, du Idiot?!

Ihr Blick wandert ständig vom Bildschirm zu mir, von mir zum Bildschirm, eine Augenakrobatik, bei der einem schwindlig werden kann, und ich wage meinen Blick auf nichts anderes zu richten als auf das aufgedunsene Gesicht von Pap.

Mein Gehirn nimmt die Informationen auf, die Pierrot liefert.

Pap lässt im Schlaf einen Furz fahren.

In diesem Moment kann ich sagen, dass ich bereits weg bin.

In diesem Moment fahre ich über einen Ozean aus Staub.

Die Segel und das offene Meer und all das, es ist, als wäre alles schon entschieden. Jawohl.

Geografiestunde 1
Frankreich, eine solidarische Nation

Die Regierung förderte die Intelligenz. Das war ihr Ding. Sie selbst war sehr intelligent, jetzt wollte sie, dass alle es wurden.

Allerdings nicht so intelligent wie sie selbst, denn man wollte ja auch in Zukunft noch manipulieren.

Nicht so intelligent wie sie, aber intelligent genug, damit das Land wieder eine zufriedenstellende Wachstumsrate erreichte.

Der Schock saß tief. Es mussten Opfer gebracht werden.

Den Quellen zufolge wurden im Jahre 1487 während der vier Tage dauernden Einweihung des *Templo Mayor* durch Ahuitzotl zwischen dreitausend und vierundachtzigtausend Azteken geopfert.

Um Kalifornien vor Erdbeben zu bewahren, ermordete der Serienkiller Herbert William Mullin zwischen dem 13. Oktober 1972 und dem 13. Februar 1973 dreizehn unschuldige Menschen.

Was uns unerträglich erscheint, all diese im Namen von irgendwem und irgendwas geopferten Leben, müsste uns die Augen öffnen für das, was heutzutage mit den Schwächsten unter uns gemacht wird, und zwar völlig legal.

Das Beste ist es, sich blind und taub zu stellen, um nicht in der liebevollen Umarmung einer Zwangsjacke sein Leben fristen zu müssen.

Die Regierung hatte in der Verwaltung ein solches Chaos angerichtet, dass ein Idiot unmöglich heil davonkommen konnte.

Natürliche Auslese: Wenn du dich geschlagen gibst, weil deine Waffen wie Plastikspielzeuge aussehen, verglichen mit den Bazookas, die direkt auf deinen kleinen Arsch gerichtet sind. Sagte Mam.

Überleben war alles, worauf der Idiot im besten Falle hoffen durfte. Ja, darauf reduzierten sich die Erwartungen der Gutmütigsten unseres Landes.

Dass die Träume der Ärmsten im Geiste zerstört wurden, gefiel Pierrot ganz und gar nicht. Es machte ihn sogar stinksauer.

Denn wenn du nicht aufpasstest, verschwand deine Geburtsurkunde auf Nimmerwiedersehen. Das war dann, als hättest du nie existiert.

Dass man ihn wie Fliegendreck auf dem

Superzeugnis dieser Scheißgesellschaft ausradieren wollte, ließ Pierrot an Revolution denken.

Wenn du nicht Acht gabst, verschwand dein Name wie von selbst von den Wählerlisten, einfach so, abrakadabra, schwupp!, und du hattest bei der Zukunft dieses Landes kein Wörtchen mehr mitzureden.

Dass man ihm den Mund verbieten wollte, weckte in Pierrot den Wunsch, alles kaputt zu schlagen.

Deine elementarsten Rechte wurden zu heißer Luft, und in den mit übel wollenden Beamten vollgestopften Büros prallten deine Schreie an den Wänden ab, trieben dich dem Ausgang entgegen, dem einzigen Weg, der dir gewiesen wurde, wo du auch hinkamst.

Die Armeen, die Pierrot nachts unter seinem Laken aufmarschieren ließ, in seinen von Meuterei und Aufstand bevölkerten, vom Schweiß des Tapferen feuchten Träumen, jene Armeen also veränderten die Welt von Grund auf.

Eine globale Fassadenreinigung.

Doch so eine Verwaltung droht nicht mit der Wasserpistole.

Granaten wären nötig gewesen, doch man kann ohne Übertreibung sagen, dass ihnen, den Idioten, so etwas schneller in der Hand explodiert, als sie es scharfgemacht bekommen.

Pierrot wusste das, und er wusste noch etwas

anderes. Er wusste, dass sein Leben mehr als nur ein Überleben sein sollte. Pierrot spürte eine Verantwortung.

Mission: Wenn die Pflicht dich so laut ruft, dass du schließlich tust, was sie dir befiehlt, damit sie endlich die Schnauze hält.

Anti-Lektion 6

Die riesige Erbschaft, die seine Eltern ihm hinterlassen hatten, seine Eltern, die im Schlaf gestorben waren, Arm in Arm, merkwürdig, werdet ihr sagen, aber das hat Pierrot uns mit Tränen in den Augen erzählt, die leblosen Körper von Papa-Mama, wie ein Legospiel zum Kinder erschrecken, Arme Beine Geschlechter unentwirrbar ineinander verschlungen, so eng, dass man sie in derselben Kiste bestatten musste, Tränen zum Gotterbarmen auf Pierrots Wangen, Kinn und Jacke, klar, dass wir da geneigt waren, ihm zu glauben – die ungeheure Erbschaft dieser Eltern, die sich so sehr geliebt hatten, dass sie gemeinsam sterben wollten, diese unglaubliche Erbschaft nun hat er benutzt, um als Erstes seine Anzeige zu schalten.

Eine ganze Seite in allen wichtigen Zeitungen des Landes, mit einer kleinen, von ihm selbst angefertigten Zeichnung.

Utopie: Wenn du so schwachsinnig bist, dass du glaubst, die Welt könnte etwas anderes sein als eine einzige Schweinerei. Wenn ihr gehört hättet, was Mam so alles gesagt hat, würde der Gedanke an Selbstmord mit seinen hässlichen kleinen Fangzähnen an den Rändern eures Bewusstseins knabbern.

Auf der Zeichnung sind viele Häuser zu sehen, mit Fenstern und Türen und ziegelroten Spitzdächern, rund um ein Loch, das wohl ein Platz sein soll, und in diesem Loch, auf diesem Platz ein Springbrunnen mit fünf Fontänen. Daneben ein Hund. Er lächelt. Er ist fast genauso groß wie die Häuser.

Für Normalsterbliche ist es eine Kinderzeichnung.

Für die Idioten auf der ganzen Welt eine Art Meisterwerk.

Für uns unsere Mona Lisa. Unsere Sixtinische Kapelle. Oder einfach irgend so ein Ding.

Geografiestunde 2
Der Begriff »Volk«

Im Radio verlasen schöne Stimmen die von Pierrot verfassten Zeilen mit derselben Begeisterung, die sie in die Werbung für ein Waschmittel gelegt hätten. Bis zu den Stellen »eine Gemeinschaft gründen« und »das Dorf der Idioten«.

Plötzlich brach das gesamte Team der Live-Sendung in schallendes Gelächter aus. Alles lachte sich schlapp. Man kann sagen, mit seinem großen Projekt hat Pierrot die Leute zu Tränen gerührt!

Pierrots Werbe- und Rekrutierungskampagne endete mit der Fernsehsendung, zu der der große Starmoderator herzlich eingeladen hatte. *Herzlich, ja Scheiße!*, pflegte Mam zu sagen. Der große Starmoderator und seine Gäste ließen Pierrot noch dümmer aussehen, als er war. Mit einem Schwall pseudo-ideologischer Fragen zu dem wohldurchdachten Projekt fielen sie über den armen Mann her und priesen ihren katholischen Gott, dem sie das gefundene Fressen verdankten.

Das hätte Pierrot kränken können, wäre ihm nicht der Gedanke gekommen, dass diese öffentliche Demütigung seiner Sache sehr nützlich war.

Eine perfekte Demonstration dessen, was er und seinesgleichen Tag für Tag erlebten.

Pierrot hatte einer ganzen Gemeinde, die bis dahin nicht einmal gewusst hatte, dass sie eine war, eine Prise Hoffnung verabreicht.

An jenem Abend hatte in jedem französischen Dorf ein Idiot den Kopf erhoben.

Überall im Land hatten Männer und Frauen ihre Zugehörigkeit entdeckt.

In wenigen Minuten hatte ein einziger Mensch ein ganzes Volk erschaffen.

Medizin für die Nullen 1

Sieht so aus, als hätte ich in ein paar Tagen ein ganzes Volk erschaffen.

Von morgens bis abends und von abends bis morgens wird mein Krankenzimmer von Menschen belagert. Die meisten warten darauf, dass sich der vor meiner Tür postierte Polizist volllaufen lässt, um wie Nattern in schwarzem Lycra an mein Krankenbett zu schleichen. Sie sehen aus wie die *Ninjas* in asiatischen Low-Budget-Actionfilmen, und wenn ich etwas zu lachen hätte, würde ich lachen. Anstatt mich aufzuregen, würde ich schallend lachen, wenn es mir das zerfetzte Gewebe meiner schmerzenden Kehle erlaubte. Andere klettern, das Herz in der Hand und den Sicherheitsgurt unterm Arsch, die Außenmauer hoch, um zu meinem Fenster zu gelangen. Einmal hat sich ein ganz Schlauer nachts durch sämtliche Entlüftungsschächte gezwängt, um bis zu mir vorzudringen. Es handelt sich um Journalisten, Fans, Bekloppte. Aber sie haben alle etwas gemeinsam: Es sind arme Teufel, die den Gedanken an das Glück noch nicht aufgegeben haben.

Man kann sagen, dass ich berühmt bin.

Aber wenn sie mich sehen, nehmen sie schleunigst Reißaus. Oft bleibt mir nicht mal Zeit, ihnen zuzurufen, sie sollen abhauen. Und wenn sie mir Gelegenheit dazu geben, hört sich das, was aus meinem Mund kommt, etwa so an wie *au a, i e.*

Haut ab, bitte.

Wenn ich spreche, ist es, als hätte man einer Buchstabensuppe sämtliche Konsonanten geklaut.

Was rauskommt, wenn man keinen Mund mehr hat, ist eine seltsame Sprache. Die Krankenschwestern aber verstehen mich. Sie verstehen mich besser, als wenn die Laute, die meine nicht vorhandenen Lippen hervorbringen, richtige Wörter wären. Sie verehren mich, so wie wir Pierrot verehrt haben.

Ich frage mich immerzu, ob Elisas Zunge genauso hinüber ist wie meine, ob das arme kleine Ding auch in nach verbranntem Fleisch stinkenden Rauch aufgegangen ist.

Denn auch wenn ihre Küsse ziemlich leblos waren, so hatten sie doch immerhin das Privileg, meine ersten zu sein.

Und wenn die Dinge so bleiben, wie sie sind, auch meine letzten.

Ich mache mir rabenschwarze Gedanken darüber, wie ihr Gesicht wohl in Zukunft aussehen wird, denn, ich sage es, wie es ist, wenn ich sie liebe, dann auch, weil sie hübsch ist. Vielleicht nur deshalb. Werft den ersten Stein, ihr Heuchler! Wenn ihr sie gekannt hättet, hättet ihr sie auch gerne gevögelt. Ihr habt sie gekannt, und ihr habt sie gevögelt. Aber das wisst ihr noch nicht.

Jetzt besteht die beschissene Möglichkeit, dass sie ein Monster ist, wie ich eins bin. Beim Zungenkuss wird sich das dann anhören wie zwei Zahnreihen, die gegeneinanderstoßen. Ziemlich wenig für meinen Geschmack.

Na ja, auch gut, auf jeden Fall wird mir die Berührung ihrer Zähne lieber sein als nichts.

Was meine Fans in die Flucht schlägt, abgesehen davon, dass mein Gesicht nicht wirklich mehr eins ist, das ist dieser ganze Kram, der in mich reingestopft wird oder aus mir rauskommt, je nachdem, wie man die Dinge betrachtet.

Eine Kanüle in meinem Hintern, die sich durch meinen Dickdarm wühlt und wühlt und wühlt bis zum Anschlag.

Eine Kanüle, die auf meine liderlosen Augen tropft und tropft und tropft.

Haben sie Elisa auch so viele Kanülen reingesteckt wie mir?

Eine Kanüle, die sich dreht und dreht und dreht bis zu ihrem versteinerten Herzen?

Das Feuer in ihren Haaren, ganz allein meine Schuld.

Das verkohlte Fleisch an der Stelle ihrer schönen kleinen Hände, meine große, unverzeihliche Sünde.

Ich frage mich unaufhörlich, wie viele Kanülen man ihr in den reagenzglasdünnen Körper gebohrt hat.

Den entsetzten Blicken meiner Fans nach zu urteilen, sehe ich aus wie ein schwitzender Krake mit durchsichtigen Plastiktentakeln.

Elisa sieht aus wie eine Frau, die ich lieben werde bis in den Tod.

Bis wir verfaulen.

Bis wir zu Staub werden.

Geografiestunde 3
Regionalsprachen und Dialekte: vom sicheren Aussterben bedroht?

Genau zwei Tage lang klingelte Pierrots Telefon pausenlos.

Vielleicht ist das die Zeitspanne, die eine Information im Gedächtnis eines Idioten überlebt, denn das Klingeln hörte achtundvierzig Stunden, nachdem die Botschaft im Fernsehen gesendet worden war, abrupt auf.

Vielleicht ist das die Lebensdauer einer Telefonnummer, die mit Kugelschreiber auf einen Unterarm gekritzelt wird oder auf eine Wade oder auf irgendeinen Körperteil, und nicht mehr als eine oder zwei abwechselnd heiße und eiskalte Duschen übersteht, denn schlagartig war Ruhe.

Pierrot hatte sich die Mühe gemacht, mit jedem Bewerber, der im Stande war, seine Nummer zu wählen, ein ausführliches Gespräch zu führen. Dafür gab er für eine Weile die seltsame Sprechweise auf, die so typisch für ihn war, und benutzte einfache Wörter und eine Grammatik aus dem Lehrbuch. Am Telefon hätte sein verbaler Foxtrott nämlich bestimmt wie eine Fremdsprache geklungen, wodurch die Kommunikation mit seinen Gesprächspartnern schwierig geworden wäre. Ganz zu schweigen von dem mit Cha-Cha-Cha garnierten Fandango, den er seine Gliedmaßen tanzen ließ, wenn Worte nicht mehr reichten, um seine Gedanken auszudrücken.

Es gibt Dialekte, die man mit den Augen besser versteht.

Bei den Affen, vergesst das nicht, ist das die am weitesten verbreitete Sprache.

Immer wenn Pierrot nach dem Hörer griff, versuchte er mehr schlecht als recht, seinen Körper zum Schweigen zu bringen.

Klappe halten, Arme eng an den Körper.

Pierrot begann mit den üblichen Fragen: Name, Alter, Wohnsitz, Familienstand, Unbildungsgrad.

Als Nächstes wollte er wissen, ob der Bewerber bereit war, seine gewohnte Umgebung zu verlassen.

Dafür erteilte Pierrot seinen Muskeln den Befehl, sich zurückzuhalten. Und er strengte seinen Grips an, um wie ein normaler Mensch zu sprechen.

Noch nie war ihm etwas so schwergefallen.

Niemand arbeitet zum Vergnügen gegen seine Natur an.

Und doch unterwerfen sich die meisten von uns dieser Prozedur, Tag für Tag für Tag.

Siehe: Weight Watchers.

Siehe: Anonyme Alkoholiker.

Siehe: freiwillige chemische Kastration.

Anhand der Fragen, die Pierrot langsam und deutlich stellte, wobei er im Stillen seinen Nerven zurief, die Schnauze zu halten, wollte er herausfinden, ob es den Kandidaten tatsächlich ernst war.

Die Begeisterung, die die Dummköpfe am anderen Ende zeigten, überraschte ihn. Für einen Moment beschlich ihn das lustige Gefühl, der Sekretär des Weihnachtsmanns zu sein.

Beim zehnten Anruf jedoch kriecht ihm eine leichte Unruhe den Rücken hinunter, die ihn am ganzen Körper zittern lässt.

Und wenn seine verrückte Idee nicht zu verwirklichen ist?

Beim fünfzehnten Anruf ist es mehr als bloße Unruhe. Was sich jetzt kalt und rau an seinen Rücken schmiegt, ist eine erbarmungslose Bestürzung, die ihre scharfen Krallen in seinen fieberheißen Nacken schlägt.

Und wenn er in den Bewerbern die unermesslich große Hoffnung auf ein besseres Leben weckt, ohne sie erfüllen zu können?

Beim fünfundzwanzigsten Anruf rollt sich Panik behutsam um seinen Hals, schnürt ihm die Kehle zu.

Pierrots Körper versucht, sich von der Panik zu befreien, seine grenzenlose Angst hinauszuschreien.

Und wenn er zu dumm ist, um ein solches Unternehmen erfolgreich durchzuführen?

Die junge Frau, die am anderen Ende des Landes vor Freude weint, fragt ihn, ob er Gott sei. Sie will wissen, warum er sie erst heute aus der Hölle befreit. Und: Wenn das Paradies tatsächlich existiert, ist es dann möglich, dass es nur die Größe eines Dorfes hat?

Plötzlich schickt die junge Frau, was ihre von Schluchzern unterbrochenen Freudenschreie nicht haben vermuten lassen, ein tiefes Schweigen durch die Leitung in Pierrots behaartes Ohr. Überwältigt von einer Verantwortung, über deren Tragweite er sich nicht im Klaren war, schweigt der große Mann ebenfalls. Er bringt kein einziges Wort hervor, auch keins aus dem reichhaltigen Repertoire seines seltsam seltsamen Vokabulars.

Ein Ausruf bleibt ihm im Halse stecken.

Er muss an einen Idioten denken, einen Amerikaner, der einmal beinahe an einer Brezel erstickt ist.

Das Schweigen an beiden Enden der Leitung

zieht sich in die Länge, und Pierrots Stummheit reicht bis zu seinen Augenlidern, die zu flattern aufgehört haben.

Und dann wischt ein Wort, ein einziges Wort die Unruhe und die Bestürzung beiseite, fegt die Panik hinweg, beseitigt diesen furchtbaren Zweifel, der daran schuld ist, dass Tausende von philanthropischen Versuchen gescheitert sind. Ein kleines, unscheinbares Wort, das dennoch alles ist.

Die junge Frau am anderen Ende des Landes, weit weg, so weit weg, flüstert ihm ins Ohr: »Danke.«

Geografiestunde 4
Die sozialen Systeme: Errichtung und Regeln

Als die Anrufe aufgehört hatten, zog Pierrot Bilanz: vierundsiebzig Idioten waren bereit, sich mit ihm kopfüber in das Abenteuer zu stürzen, eine verrückte Hoffnung umgehängt.

Die Mutigen.

Die Leichtsinnigen.

Eine solche Menge hatte er nicht erwartet. Eigentlich hatte er gar nichts erwartet. An keinen Plan zu denken war Teil des Plans. Wenn er einen alles in allem verrückten Plan bis zu diesem Punkt hatte verfolgen können, dann nur, weil er eins nach dem andern nach dem andern vorgegangen war.

Eine Halskette wird Perle für Perle für Perle hergestellt.

Den Mohawk, diesen Feinschmeckern, gelang es, den Körper eines Feindes ganz und gar zu verschlingen. Der Trick ist, Schritt für Schritt vorzugehen. Überstürztes Handeln führt unweigerlich dazu, dass man sich von dem Ziel entfernt, das man erreichen will. Das Geheimnis besteht darin, sich auf die einzelnen Teile zu konzentrieren, ohne an das Ganze zu denken.

Magen nach Rückenfleisch nach Knochenmark anstatt den gesamten Dickdarm, aus dem Gase entweichen, die nichts von einem Kaninchenfurz haben.

Herz nach Leber nach Muskelfleisch anstatt stinkende Haut, die die unterschiedlichsten und unerwartetsten Flüssigkeiten absondert.

Die eine solche Brühe ausschwitzt, dass ihr euch wünscht, durch ein Feuer aus dem Leben zu scheiden. Gut durch und alles.

Sich auf die laufende Phase zu fokussieren, ohne an die folgende zu denken: Pierrot hatte einen dichten Schleier über die unbestreitbare Tatsache gelegt, dass er für eine bestimmte Anzahl von Menschen verantwortlich sein würde.

Blind zu sein: Ein toller Zustand und ein wirksamer Schutz, wenn es darum geht, ein Unternehmen des Typs »abwegiges Hirngespinst« erfolgreich durchzuführen.

Bei sieben oder acht Bewerbern hatte er gezögert. Für sie war das Buchstabieren ihres Familiennamens ein langsames, unerbittliches Versinken im Treibsand eines Alphabets gewesen, das offensichtlich weder Anfang noch Ende hatte. Doch hätte ihn die kleinste Diskriminierung des Hochverrats an seinen eigenen Überzeugungen schuldig werden lassen. Er konnte nicht das Spiel derer spielen, die er bekämpfte.

Stellt euch ein Mitglied von Greenpeace vor, das euch während eines Essens mit dem dramatischen Rückgang der Population der Wale im Nordatlantik langweilt, dann plötzlich seine mächtige Hand auf das saucenbespritzte Tischtuch fallen lässt und sie ganz langsam wieder hochhebt, um euch den kleinen zerquetschten Schmetterling in seiner Handfläche zu zeigen, den niedlichen bunten kleinen plattgedrückten Schmetterlingskadaver.

Ziemlich unglaubwürdig, der Kerl, mit einem Mal.

Zu denen wollte Pierrot nicht gehören.

Schließlich hatte das Dorf die Funktion, alle Idioten aufzunehmen, die den Wunsch hatten, dazuzugehören, und dass sie nur bedingt selbständig waren, durfte kein Auswahlkriterium sein. Er würde schon eine Lösung finden. Das wusste er.

Er brauchte mehrere Tage, um seine Tour de France vorzubereiten. Da er nicht mit letzter Sicherheit sagen konnte, wer in der Lage war, sich auf eigene Faust ins Dorf der Trottel zu begeben, und wer nicht, beschloss er, jeden der vierundsiebzig Idioten zu Hause abzuholen.

Eine verdammt lange Reise, um ehrlich zu sein.

An der Wand hing eine großformatige Karte des Landes, durchzogen von filzstiftschwarzen Linien, übersät mit blauen, roten, gelben und grünen Reißzwecken. Sozusagen eine Geografie der Dummheit.

Eine Landkarte der Idioten.

Manchmal war Pierrot selbst überrascht von seinem Organisationstalent.

Er stellte sich vor das aus den herausgerissenen Seiten verschieden großer Geografiebücher bestehende Patchwork der Nation, dieses Monster von einem Land mit unförmigen Regionen, Departements wie mal immense, mal verkümmerte Gliedmaßen und Metropolen wie Leberflecken oder dicke Geschwülste. Die Île-de-France im Herzen des Landes war eine kleine, unbedeutende Sache.

So stand er eine Weile vor seiner Schöpfung und den Dutzenden von Narben, von denen sie übersät war, ein Netz aus Verbindungslinien zwischen den Idioten, die davon nichts ahnten.

Angesichts der Größe des unsichtbaren Netzes, das er gewoben hatte, fragte er sich, ob das nicht der Beweis dafür sei, dass er kein Dummkopf war.

Doch rasch wischte er seine Befürchtungen beiseite: Für ihn lag es auf der Hand, dass sein merkwürdiger und plötzlicher Sinn fürs Praktische auf die besonderen Umstände zurückzuführen war. Diese beunruhigende Fähigkeit war reiner Zufall. Ohne sein Dorfprojekt, darauf deutete alles hin, wäre er der Idiot geblieben, der er immer gewesen war.

Er nahm den Zug.

Rund einhundert Kilometer von seinem Zuhause entfernt stieg er aus, in einem kleinen, ungastlichen Nest, in dem ein scheußlicher, eiskalter Wind einen sogleich mit dem Virus eines Woandershin infizierte. Mit der Obsession eines Ganz-weit-weg.

Der erste Idiot, den Pierrot aus den Krallen eines Lebens befreite, das ihm nicht entsprach, war ich.

Anti-Lektion 7

Das war ich.

Der Allererste.

Der, von dem man später mit einem Anflug von Bewunderung in der Stimme sagen sollte: »Er war der Erste. Mit seinem Frankensteingesicht. Mit seinem Endzeitkörper. Der Allererste.«

Am Tag vor meiner Abreise klingelte das Telefon. Es war immer Mam, die dranging.

Pap und ich wurden nie angerufen. Und selbst riefen wir so gut wie nie an. Unsere Ferngespräche beschränkten sich auf lautes Schreien von einem Ende der Dreizimmer-Küche-Bad-Wohnung zum anderen. »Bier!«, brüllte der Hausherr. »Kommt sofort!«, brüllte sein Sohn zurück. Für eine solche Art von Kommunikation braucht man keinen Telefonanschluss.

Es klingelt also, während ich mit Pap vor dem Fernseher sitze. Seine vom vielen Bier gelblichen Augen und die Rülpser, die er im Ansatz zu unterdrücken versucht, indem er, koste es, was es wolle, die Lippen zusammenpresst, das alles wird mir nicht fehlen. Man kann nicht behaupten, dass er ein schlechter Vater war.

Er war überhaupt kein Vater.

Mams Schmollmündchen öffnet sich, um meinen Namen zu sagen, ganz schwach, wie ein leiser, unauffälliger Furz. Ein leichter Wind, von dem man insgeheim hofft, dass niemand seinen dünnen Seufzer hört.

Ahnt sie etwas?

Gibt es in ihrem kümmerlichen Wörterbuch den Eintrag *das Weite suchen?*

Fragt sie sich, ob ich sie zu einer Erweiterung ihrer persönlichen Definition des Begriffs *abhauen* zwingen werde?

Die Stimme meines Retters am Telefon klingt, als spräche er aus dem Innern einer Kathedrale. Er fragt, ob ich bereit sei, und es ist, als würde der liebe Gott mein Trommelfell platzen lassen.

Mit der linken Hand forme ich einen Trichter, den ich auf die Sprechmuschel lege. Am anderen Ende der Leitung muss man den Eindruck haben, ein Idiot versuche, die Worte seines Gesprächspartners zu dämpfen, wisse jedoch nicht, auf welche Muschel er die Hand legen muss.

Was Pierrot hört, am anderen Ende der Leitung, ist eine verstärkte Stimme wie in der Höhle von Lascaux.

»Ja«, sage ich, »ja. Vollkommen. Ich bin bereit. Ich war es immer.«

Die Stimme bittet mich, niemandem etwas davon zu sagen, und fügt hinzu, das sei wirklich, wirklich sehr wichtig. Offenbar glaubt Pierrot, meine Familie könnte mich von meinem Entschluss abhalten. Weiter sagt er, dass die Menschen, die nicht glücklich seien, nichts anderes zu tun hätten, als anderen zu verbieten, es zu sein.

»Das haben Sie mir schon einmal gesagt. Und ich glaube, dass Sie Recht haben.«

Er sagt: »Bis morgen«, und legt auf. Ich bin etwas enttäuscht, muss ich gestehen, und mache ein langes Gesicht.

Ein so kurzes Gespräch für eine so tiefgreifende Veränderung, das kommt mir vor wie eine Blitzhochzeit in Las Vegas.

Was soll's. Ich werde ein Heim verlassen, das nur dem Namen nach eines ist, und es gegen ein anderes eintauschen, das alles hat, außer dem Namen.

Pierrot kreuzte um elf Uhr zweiunddreißig auf.

Er machte einen starken Eindruck auf mich. Er war sehr groß. Er hatte nasse Haare, obwohl der Himmel wolkenlos war.

Er fragte mich:

»Bist du Bastien?«

»Ja.«

»Hol deinen Koffer, wir fahren.«

Wenn Mam dabei gewesen wäre, hätte ihr seine Art, gleich auf den Punkt zu kommen, bestimmt gefallen. Ganz sicher.

Pap schnarchte in seinem Fernsehsessel, die Hände zum Himmel ausgestreckt. Oder genauer gesagt, zur schimmelgetupften Zimmerdecke. Wahrscheinlich träumte er davon, dass ihm ein anderes Leben fix und fertig in den Schoß fallen würde. Ein Speichelfaden lief über sein Kinn.

Ich habe nicht »Auf Wiedersehen« gesagt.

Mein anderes Leben erwartete mich auf der Türschwelle, mit triefendem Haar.

Und dann musste ich doch noch einen letzten Gang durch die Wohnung machen, bevor ich das Weite suchte.

Ich hatte erwartet, dass die Dinge – das Haus, die Wände, die Möbel – im Moment des Abschieds einen besonderen Duft verströmen würden, denn immerhin war es das letzte Mal, dass ich meine Augen auf ihnen ruhen ließ.

Nichts. Gar nichts.

Letzten Endes ist die Peitsche, die dir auf der Haut gebrannt und aus deinem Leben eine Hölle gemacht hat, nichts weiter als ein ganz gewöhnliches Ding aus Holz und Leder.

Und die Stäbe deines Käfigs, der dich dein

halbes Leben lang eingesperrt hat, sind nichts anderes als Eisenstücke.

Nichts. Gar nichts.

Ich legte einen Abschiedsbrief auf den Küchentisch und schloss ganz leise die Tür. Schloss die Tür hinter meiner kaputten Kindheit.

Anti-Lektion 8

Die Tour de France der Idioten könnt ihr euch nicht vorstellen, und wenn ihr euch noch so sehr anstrengt.

Eine mit jedem Tag größer werdende Horde von Schwachköpfen, die in die Bahnhöfe winziger Nester mit den unwahrscheinlichsten Namen einfallen und alte Bummelzüge in tolle Züge voller Verrückter verwandeln, so etwas hatte es in der Geschichte der Eisenbahn bestimmt noch nie gegeben.

Als Erstes waren Pierrot und ich in einem Dorf rund zehn Kilometer von meinem ausgestiegen. Dort wartete vor der geschlossenen Tür eines baufälligen Hauses, auf einem riesigen Koffer, mit zusammengepressten Knien, eine etwa vierzigjährige Frau.

Sie hieß Annick.

Sie ging stets ein wenig vorgebeugt, und die Leute nannten sie Klein-Annick.

Sie war kahlgeschoren und schien schon seit Tagen dort zu sitzen. Vielleicht war das ja auch der Fall.

Wir verstauten den Inhalt ihres Koffers in Plastiktüten. Sie sah uns dabei zu, in ihrem geblümten Kleid, leicht vorgebeugt. Es war Winter, und ich schlotterte für zwei. Wir drängten zum Aufbruch. Ich bemerkte sehr wohl, dass Pierrot ein schlechtes Gewissen hatte, dass er sich Fragen stellte. Doch dann, ganz plötzlich, stand die Idiotin auf und ging los.

Ohne sich auch nur einmal umzudrehen.

Ohne einen letzten kleinen Blick auf die Ruinen eines Lebens, das nicht das richtige für sie war.

Das für niemanden das richtige war.

In den Lagern des Laogai, dieses netten GULAG-Netzes in China, sind die Glassplitter, auf denen du knien musst, im Grunde nichts anderes als, na ja, Glassplitter eben. Irgendetwas, das in klitzekleine Stückchen zertrümmert ist. Irgendein auf groben Staub reduziertes Zeug.

Nichts. Gar nichts.

Das Haus, das in seinen Mauern die Verzweiflung dieser Frau beherbergt hatte, dieses kleinen Wesens, das dort aufgewachsen war, den pausenlosen Demütigungen und der ständigen Gleichgültigkeit ausgesetzt wie ein Champignon, dieses Haus war am Ende nichts als ein Steinhaufen, der von ein wenig Zement zusammengehalten wurde.

»Auf geht's.«

Das hat sie zu uns gesagt, ohne sich umzudrehen.

In diesem Augenblick – ich weiß es, weil ich sehen konnte, wie sein Gesicht Freude wurde, Liebe wurde, Glück wurde –, in diesem Augenblick wusste Pierrot, dass sein Projekt einen Sinn hatte.

In den folgenden Tagen erleichterten wir so manches Dorf um seinen Idioten.

Normalerweise erwarteten sie uns vor ihrem Haus, so wie es Klein-Annick getan hatte; einige jedoch waren nicht da, und dann schwärmten wir in dem Ort aus wie eine Ameisenarmee, riefen laut den Namen des Mannes, der, wie wir bereits wussten, unser Bruder war, oder der Frau, die wir wie eine Schwester lieben würden.

Im Zug suchten sich die Reisenden einen Platz weit weg von uns. Sie betraten den Wagen, die Fahrkarte in der Hand, lächelnd, taten so, als würden sie sich darauf freuen, wegzufahren, zurückzufahren, am anderen Ende Frankreichs eine ganz und gar nicht zimperliche Geliebte zu treffen, einen Pseudo-Kongress zu besuchen, Synonym für einen hübschen kleinen Urlaub, alles auf Spesen, oder eine Tante mit dem Tod im Nacken und einer durch jahrzehntelange Knauserei angehäuften Erbschaft in petto.

Oder sie taten so, als verspürten sie eine unbändige Freude bei dem Gedanken daran, ihre Familien wiederzusehen, diese in unseren Breiten wohl am weitesten verbreitete Parodie des Glücks.

Beim Anblick unserer Deppengesichter jedoch besannen sie sich schlagartig und konnten während der Zugfahrt endlich aufhören, sich selbst zu belügen.

Ich kann sie verstehen. Man sabberte auf die Tischchen. Man fasste alles an. Man spuckte die Schinkenbrote ins Gesicht des Nachbarn. Man beschädigte, nur manchmal, und dann nur unabsichtlich, das Eigentum der Eisenbahngesellschaft.

Die Reisenden wechselten immer wieder ihren Platz, und als das nicht mehr möglich war, weil es immer enger wurde, klammerten sie sich an ihre Armlehnen und an den beruhigenden Gedanken, dass die Hölle nicht ewig dauern konnte. Es war immer noch besser, am Ende der Bahngleise die Parodie des Glücks zu finden, die ihnen das irdische Paradies ersetzte: die knochige Hand der schon so gut wie steifen Erbtante, das Zimmer im Zweisternehotel mit seinen zum Klauen zu abgetragenen Baumwollbademänteln, die Geliebte mit dem dicken Hintern, aber dem Teufel im Leib.

Die Schaffner rauften sich verzweifelt die

Haare, schoben die Bande auseinander, die sich ungestüm auf sie stürzte, ihre Fahrkarten wie gezückte Messer den Uniformierten entgegengestreckt, die plötzlich bedauerten, dass ihr letzter Streik so zurückhaltend gewesen war.

Georges war der Erste, der zum Angriff überging. In der Überzeugung, das Richtige zu tun, und in der Gewissheit, seiner Bürgerpflicht vorbildlich nachzukommen, legte er sich auf die Lauer, Nase in die Luft gereckt und Beine angewinkelt zum Sprung, bis der Schaffner kam, dem dieser Eifer wie ein Verstoß gegen die guten Sitten, wie ein Angriff auf die staatliche Autorität vorkommen musste.

Auch wir stürzten uns nun auf den bedauernswerten Mann, denn schon immer hatten wir den freien Willen durch Nachahmung ersetzt. Nun stellt euch all die Fahrkarten vor, die wie wild geschwenkt wurden, und den Mann mit der Mütze, der angesichts des Überfalls aufschrie, diese Panik, Panik, Panik.

Zwar erschreckte das Spektakel einige der Reisenden, die kleinen Schlauberger jedoch, die sich die Kosten für eine Fahrkarte geschenkt hatten, kamen billig davon.

Der Schaffner nämlich zog es vor, das Weite zu suchen. Zum ersten Mal in seinem Schaffnerleben hatte er keine Lust, einen Schwarzfahrer zu erwischen.

Pierrot war völlig überfordert, ließ sich aber nichts anmerken. Er bewegte sich langsamer, in Zeitlupe, wurde zum Mimen, wurde zum Gegenteil unseres Gebrülls.

Das reinste Affentheater.

Auch ich war kaum zu bändigen, wie die anderen. Damals glaubte ich noch felsenfest an meine Dummheit und verhielt mich dementsprechend.

In dem Bus, der uns an den Ort namens »Das Ende der Welt« brachte – kein Witz, nein, das Nest hieß tatsächlich so –, im Bus also gelang es mir zu vergessen, wie man den Riegel der Toilettentür von innen öffnete.

Ich weiß nicht, was das Verschwinden der elementarsten Logik bewirkt hatte, denn so blöd hatte ich mich noch nie angestellt.

Vielleicht die Aufregung wegen dieser außergewöhnlichen Reise.

Die Aussicht auf eine Zukunft, die verschwommen blieb, obwohl ich stark und fest daran glaubte.

Meine Schreie ließen das Dutzend Idioten, das Pierrot zuvor bereits aus dem Klo befreit hatte, aufgeregt durcheinanderlaufen, alle gerieten in Panik wegen mir, solidarisch bis zum bitteren Ende, kratzten an die Toilettentür wie ein Wurf hungriger Kätzchen.

Lucien, der in seinem Dorf die charmante Angewohnheit hatte, durch die Gärten zu streifen und die kleinen, frisch gewaschenen Schlüpfer von der Leine zu pflücken, noch feucht und nach billigem Weichspüler duftend, Lucien hatte den einzigen von seinen frivolen Raubzügen übrig gebliebenen Slip aus der Hosentasche gezogen, ein winziges kleines Ding aus erbsengrüner Baumwolle.

Er putzte sich damit die Nase.

Inzwischen hatte sich Pierrot durch die Masse seiner Schützlinge zu mir durchgekämpft. Geduldig erklärte er mir, dass die Dinge oft einfacher sind, als man denkt.

Ein kleines Stück Metall, zum Beispiel, lässt sich ohne weiteres nach oben schieben.

»Versuch's mal«, sagte er, »und denk dabei an eine Feder. Es ist ganz leicht, du wirst sehen.«

Ich dachte an Rauch. Ich dachte an Asche.

Als ich endlich draußen war, weinte ich immer noch.

Lucien hielt mir den Slip vor die Nase.

Ich putzte sie mir damit.

Er roch, wie Frauen am Abend riechen.

Diesen Slip hatte Lucien nicht von einer Wäscheleine geklaut.

Er musste ihn einer Kleinen direkt vom Hintern gerissen haben.

Verfluchter Lucien!

Medizin für die Nullen 2

Ein Krankenhaus ist kein Ort der Stille. Ruhe ist hier die Fantasie eines Opiumrauchers, eine Abstraktion, eine vage Realität, von der man weiß, es gibt sie, anderswo, hier aber schlicht und einfach nicht. Die Nächte sind erfüllt von Schreien, vom Weinen und Seufzen, ergänzt durch das unaufhörliche Piepen der modernsten medizinischen Geräte. Diese beständige Kakophonie hält alle die ganze Zeit wach, und ich sage euch, man muss nicht lange nach den Gründen für die Verlegung von Kranken suchen, die bei ihrer Einlieferung völlig richtig im Kopf sind und am Ende dennoch in der Psychiatrie landen.

Ich bin erst seit ein paar Tagen hier, aber ich merke bereits, dass ich langsam durchdrehe.

Obwohl sie mich wie einen Maulesel vollgepackt haben mit einem ganzen Arsenal von chemischen Substanzen, die dafür sorgen sollen, dass ich nichts mitkriege, und die angeblich undurchdringliche Mauern wie die in Berlin um mich herum errichten, muss mein geschundener Körper pausenlos ein Erdbeben der Stärke sieben auf der Kalvarienberg-Skala über sich ergehen lassen. Keine Droge der Welt ist stark genug, um mich vergessen zu lassen, was aus mir geworden ist.

Ein schmerzender Kopf ohne Hoffnung auf eine Ruhepause.

Ein Fleischklumpen, dem die Höllenfeuer wie ein angenehmes Wellnessprogramm vorgekommen wären.

Seit dem Tag, an dem alles aus und vorbei war, habe ich aufgehört zu schlafen.

Dem Tag des Feuers.

Dem Tag der Asche.

Die Tatsache, dass ich ganz allein dafür verantwortlich bin, dass man mir alleine und sonst niemandem die Schuld daran geben kann, trägt auch nicht gerade dazu bei, dass ich Schlaf finde.

Meine Schuld wirkt so, als würde mir ununterbrochen starker Kaffee eingeflößt.

Im Zimmer nebenan liegt Jean. Er ist so groß und stämmig, der Junge, dass man ein Spezialbett für ihn anfertigen musste. Das riesige Ding nimmt fast den ganzen Raum ein. Sie nennen es den »Flugzeugträger unter den Krankenhausbetten«. Gleich fünf Krankenschwestern müssen mit anpacken, um Jean hochzuheben. Ich glaube, es gefällt meinem Freund, dass ein Trupp von Frauen in himmelblauen Kitteln seinen mächtigen Körper anhebt, um ihn zu füttern. Ich glaube, er gehört selbst hier zu denen, die sich überall ein Kokon aus Glück erschaffen, denn oft höre ich ihn kichern wie ein Kind, das man mit einer Feder kitzelt.

Während der Stunden, in denen ich zu schlafen scheine, warte ich in Wahrheit auf den nächsten Bewunderer, der die Sicherheitsmaßnahmen umgeht und zu mir vordringt, um mich um ein Autogramm zu bitten.

Bis er das kleine Lämpchen anknipst, das direkt über meinem Kopf angebracht ist, festgeschraubt ist, und dessen Licht wie ein Theaterscheinwerfer auf mein übel zugerichtetes, praktisch nicht mehr vorhandenes Gesicht fällt.

Bis er meine kunstvoll umwickelten Unterarmstümpfe sieht.

Bis er in Panik gerät.

Bis er die Flucht ergreift.

Elisa hat bestimmt Angst in dem großen Zimmer, unter so vielen Unbekannten.

Ich habe vor, sie so bald wie möglich zu besuchen. Uns trennen nur zwei Etagen, aber wenn man in einem Zustand wie dem meinen ist, sind zwei Etagen so viel wie eine Million Kilometer.

Wenn deine Füße zwei Rumpsteaks sind, blutig, aber beidseitig angebraten, fachgerecht, misst du die Entfernungen in anderen Einheiten als früher.

Mit einem Mal wird alles unermesslich groß, die Erde eine endlose Weite, deren Ende nicht mehr zu sehen ist, vom Himmel ganz zu schweigen. Ihn mit den Fingern zu berühren, bei deinen Händen, die wie Schnitzel aussehen, das kannst du getrost vergessen.

Elisa, meine Liebste, all das wird mich nicht davon abhalten, noch einmal deinen Kolibri-Körper in die Arme zu schließen.

Anti-Lektion 9

Wir waren zweiundsiebzig.

Eine perfekte Zahl. Zweiundsiebzig, eine Zahl wie jede andere, und doch erscheint sie mir ideal, die höchste Vollendung des mathematischen Absoluten. Und ich sah uns wie die zweiundsiebzig Finger einer Hand, die euch furchtbare Schläge in die Magengrube verpassen würde, wenn sie wollte, oder Fausthiebe mit voller Wucht ins Gesicht, in euer Arschgesicht, Typen wie euch, die uns nicht mehr ertrugen in eurer kleinen Welt, die sich langsam um die nichtigsten Dinge dreht.

In den Ardennen machte ein Idiot einen Rückzieher. Vor der Tür seines Hauses teilte er uns mit, ihm sei soeben klar geworden, dass er kein Idiot sei.

Als wir ihn mit einer gewissen Skepsis ansahen, weil er seinen Pullover verkehrt herum angezogen hatte und an seinen Wangen kleine Klopapierfetzen klebten, senkte er den Blick und zeigte mit dem Finger auf seine Schuhe, alte, völlig abgetragene Mokassins.

Seine Schuhe konnten einem leidtun, mehr sag ich nicht, nur dass man die Füße durch das Leder sehen konnte, wenn man die Augen ein wenig zusammenkniff.

»Schauen Sie, meine Schnürsenkel«, sagte der Mann. »Ich kann sie jetzt zubinden.«

Und tatsächlich fielen schöne Schleifen auf das abgeschabte Leder.

Einige von uns waren sehr beeindruckt und applaudierten.

»Mein Freund«, sagt Pierrot, »ist es vielleicht die Angst, die dich plötzlich deine Meinung hat ändern lassen?«

Der Mann hockt sich hin, löst den Schnürsenkel seines linken Schuhs und bindet ihn wieder zu.

»Nein, nein«, sagt er, »es ist wirklich nur wegen der Schnürsenkel. Angst habe ich nur vor Spinnen. Und auch nur vor den kleinen.«

Pierrot sieht ihn traurig an, macht aber kehrt, und wir folgen ihm, beeilen uns, den Idioten zu vergessen, der keiner sein wollte.

Ich drehe mich um. Der Mann, jetzt nur noch eine kleine Gestalt, steht vor der geschlossenen Tür, er schaut auf seine ausgelatschten Schuhe hinunter und bewegt die Hände in der Luft, so als würde er einen Knoten machen. Seine Finger drehen und winden sich, man könnte an die Beschwörungen einer Frau mit dem bösen Blick denken. Bestimmt hat er Schiss, dass sie genauso plötzlich vergehen wird, wie sie gekommen ist, die neugeborene Gewissheit, keiner von uns zu sein.

Der zweite Verlust hieß mit Vornamen Catherine. Ihr Vater, ein ausgemachter Dreckskerl, wirklich, sein Hemd war voller Kaffeeflecken, bombardierte uns mit faustgroßen Steinen.

Es war gemein, sie zurückzulassen, schutzlos diesen groben Händen ausgeliefert, und die große Mehrheit von uns, die keine Ahnung hatte, welche juristischen Folgen eine Entführung mit allem Drum und Dran haben konnte, war sofort bereit, für Catherines Befreiung zu kämpfen. Doch ein paar Worte von Pierrot genügten, um uns zu beruhigen. Ich weiß nicht mehr, welche es waren, denn sie verflogen, sobald er sie ausgesprochen hatte, wie Staub, wie Goldstaub. Was blieb, war ihre unbestreitbare Wirkung. Mit zwei, drei kleinen Wörtern aus seinem seltsam seltsamen Repertoire hätte er einen Grizzlybären dazu bringen können, eine Carmagnole zu tanzen.

Und es gab noch einen dritten, den letzten, und der ging uns unterwegs verloren.

Wir haben ihn ganz einfach verloren, und wir wussten nicht einmal genau, wie.

In dem Zug, der uns zu unserem endgültigen Ziel brachte, ging er zur Toilette und kam nie wieder raus.

Natürlich haben wir ihn überall gesucht, sogar auf der Lokomotive, wo der Lokomotivführer Hanteln stemmte, um in Form zu bleiben. Er hatte niemanden gesehen. Er zeigte uns seine Muskeln. Wir hätten ihn gerne mitgenommen. Er war ein richtiger Blödmann, war sich dessen aber nicht bewusst. Und in unserem Dorf wollten wir keine Idioten haben, die sich für ein Ass hielten.

Der große, kräftige Kerl auf dem Bahnhof hatte sich den Schädel kahlrasiert, um zu vertuschen, dass er eine Glatze hatte. Mit abwesendem Blick hörte er sich an, was Pierrot zu sagen hatte. Die orangefarbenen Großbuchstaben auf seiner schwarzen Jacke waren der einzige Hinweis darauf, dass er für die Sicherheit hier verantwortlich war: Er rührte keinen Finger, um unseren Vermissten zu finden. Doch, einen, den ich als Einziger von uns sah, als er sich entfernte: einen erhobenen Mittelfinger gegen alles, was er nie begreifen würde.

Wir machten uns also auf den Weg zu dem Dorf, in dem man weder von Adam noch von Eva je etwas gehört hatte, das wir uns aber mit größerem Appetit einverleiben wollten als die beiden Schwachköpfe ihren kleinen unseligen

Apfel, der ihnen nichts als Ärger eingebracht hat.

Rund zwanzig Kilometer trennten den Bahnhof von Conflans-les-Verdurets von unserem Dorf.

Für Pierrot war die Abgelegenheit des Ortes ein wichtiges Kriterium. Er wollte nicht, dass eine Familie auf ihrem Sonntagsspaziergang unverhofft auf eine Horde gelangweilter Idioten stieß, die mit heruntergezogener Hose die Länge ihrer Pimmel verglichen, wobei sie rote Ameisen als Maßeinheit verwendeten.

Wir waren nicht eingesperrt. Es war die übrige Welt, die Pierrot in den Knast gesteckt hatte, während wir als freie Menschen außerhalb der Gefängnismauern lebten.

Die Welt ist etwas nicht gerade sehr Schönes, vor dem man sich schützen muss. Also, ab in den Knast, Welt, und sei still, egal, wir halten uns für alle Fälle die Ohren zu. Schrei, so laut du kannst, brüll deine ganze Wut heraus, die, die du im Bauch hast, wir hören euch nicht mehr zu. Wir werden unser kleines Leben abseits leben, und Schluss! Du kannst uns nicht mehr anspucken, deine Gemeinheiten erreichen uns nicht mehr.

Wir sind endlich angekommen.

Die ersten Häuser, die wir sahen, besser gesagt, die letzten, standen auf riesigen Feldern, die vor langer Zeit einmal Äcker gewesen sein mussten, vor sehr langer Zeit sogar, denn von der Erde war nichts mehr zu sehen, nur das, was sie bedeckte: alles, was in der Natur als Unkraut gilt.

Wir waren neues Unkraut, zäher noch als Quecken, und wir wussten, dass wir perfekt in dieses Chaos passen würden.

Auf einem Schild stand: Do f r Idi

Geografiestunde 5
Mexiko, eine der gefährlichsten Metropolen der Welt?

Der Krieg mit seiner üblen Angewohnheit, Menschen zu töten, die niemandem etwas getan haben, hat unserem Land jede Menge verlassener Dörfer hinterlassen, und nicht nur im Western weht der Wind Blätter durch menschenleere, staubige Straßen, vorbei an halb eingestürzten Häusern, vor einen Lebensmittelladen, in dessen Schaufenstern noch Dosen mit geschälten Tomaten aus Methusalems Zeiten ausgestellt sind.

Pierrots Reise durch unsere schönen Landschaften hatte sieben Wochen und drei Tage gedauert.

Er hatte Erkundigungen eingezogen in den Gemeindeämtern, verkörpert durch Angst einflößende Fünfzigjährige mit Dutt, ältliche, durch chronische Unterbeschäftigung halb mumifizierte Damen, die wie Fossile wirkten in ihren Wollkleidern mit Motiven mittelalterlicher Wandteppiche. Pierrot erweckte sie mit einem volltönenden

»Guten Morgen!« zum Leben, und sie öffneten plötzlich Augen so groß und rund wie Erdkugeln, an Stelle der Pupillen winzige, vollkommene Inseln, die nur dort wohnen können. In unserem Innern.

Das Gemeindeamt von Conflans-les-Verdurets hatte seine zarte Gesundheit mit einer malvenfarbenen Seidenbluse bedeckt. Eine Weste über den herabfallenden Schultern, Farbton »nervöse Depression«, schützte sie vor dem berühmten Luftzug, der allerletzten Phobie einer Mutter, die ihre Kinder an die Uni verloren hat und nun nach neuen Sorgen Ausschau hält. Pierrot hatte sie wie die anderen begrüßt, und wie die anderen hatte sie den Kopf mit den fünf Kontinenten im Blick gehoben.

Man sollte sie alle in den Boden stampfen, diese fünf Kontinente, anstatt sie als schmerzvolle Sehnsucht in unseren Blick zu legen.

Sie war nach einer Blume benannt und kannte, ungefähr zehn Kilometer weiter weg, ein verlassenes Dorf.

»Ruinen?«, fragt Pierrot.

»Häuser«, antwortet sie. »Das Dorf hat seine Bewohner um neunzehnhundertsiebzig herum verloren. Sie haben sich wegen eines Grundstücksstreits gegenseitig umgebracht.«

Sie öffnet eine Schublade. Die Schublade ist leer. Sie schließt sie wieder.

»Es gab zu viel Platz und nicht genug Leute, um ihn zu füllen. Das hat sie um den Verstand gebracht.«

Sie öffnet eine zweite Schublade und holt eine Landkarte hervor. Mit einer schwungvollen Bewegung entfaltet sie die wenigen Quadratkilometer ihres Lebens.

»Mexiko?«, fragt Pierrot.

»Bitte?«, fragt die verblühte Blume zurück.

»Kennen Sie Mexiko? Es soll dort sehr heiß sein.«

»Hier ist es«, sagt sie und zeigt auf die Stelle, wo sich das Dorf befindet. Der kurzgeschnittene Nagel ihres Zeigefingers ist so breit und dick wie ein winziger Schutzschild.

Sie zieht es vor, die Bemerkung über Mexiko zu überhören. Das Absurde hat in einem Gemeindeamt keinen Platz. Genauso gut könnte man einem Halbverhungerten etwas über Kaviar erzählen.

Sie öffnet eine weitere Schublade. Die ist auch leer, wie die erste. Sie hebt wieder den Kopf, lächelt und greift dann zu einem vorschriftsmäßig gespitzten Bleistift, um fachkundig und zärtlich zugleich eine Linie zu ziehen, die über Berg und Tal und Flüsse führt, ein Vogelflug, der sich nicht um die Realität schert, weder hier noch dort.

Mit spitzem Bleistift und spitzem Mund verbindet sie zwei Punkte, von dort nach hier, und sie weiß nicht und es ist ihr auch egal, dass sie damit die Gegenwart und die Zukunft des Mannes, der vor ihr steht, miteinander verbindet. Für sie, die Unwissende, ist es nur wichtig, dass ihre Mine nicht abbricht, das ist alles.

Bevor Pierrot hinausgeht und das Gemeindeamt verlässt, sagt er etwas zu ihr, was, weiß ich nicht, aber auch das lässt sie offenbar völlig kalt. Sie räumt ihre Landkarte weg und legt den Bleistift zu den anderen.

Pierrot geht über die schmale Teerzunge, die das Stück wildwachsender Natur zerschneidet, auf dem vor langer Zeit einmal Weizen, Mais oder irgendetwas anderes angebaut wurde, aber egal, jetzt richtet er seinen Blick nach vorn, auf den Horizont, in Erwartung der ersten oder der letzten Häuser des Dorfes, von dem er weiß, dass es das richtige ist.

In Wirklichkeit weiß er das vielleicht noch nicht, aber als er diese Geschichte erzählt, sind all diese Wörter, die es eigentlich gar nicht gibt und die er trotzdem benutzt, mit Dingen gespickt, die so unglaublich sind wie das Schicksal oder die Vorsehung, und danach scheint die Straße, die zum Dorf der Idioten führt, etwas anderes zu sein als eine einfache Straße.

Sie erscheint einem wie der Weg nach Mexiko.

Medizin für die Nullen 3

Im Fernsehen sprach man über uns. Man sagte etwas, und dann sagte man das Gegenteil. Man diskutierte. Man hielt sich stundenlang mit Details auf. Dann sagte man, dass diese Details keine Details seien, sondern definitiv das Wesentliche beträfen. Man berief sich auf seine persönliche Erfahrung. Man zog einen Haufen Experten heran, bat sie, die Zuschauer an ihren Schlussfolgerungen teilhaben zu lassen. Es waren nie dieselben Experten. Plötzlich sprang man auf und verließ das Podium, wobei man sich mit einer heftigen Geste das Mikrophon von der Jacke riss. Dann kehrte Ruhe ein, aber die Atmosphäre, nein, die war nicht mehr dieselbe, nicht wirklich. Man machte trotz allem weiter. Man sagte, dass das Ganze ein gewaltiger Schwindel sei. Dass man ziemlich naiv sein müsse, um das zu glauben. Aber eine Minute später lieferte man Beweise dafür, dass das ganz und gar kein Schwindel sei. Sofort zweifelte man die Echtheit der Beweise stark an. Dann sprang man wieder auf, man machte sich gegenseitig fertig, live, und das sorgte für höchste Einschaltquoten.

Dass es für das Glück keine Erklärung gibt, machte alle wahnsinnig.

Dass es vor allem Leid gegeben hatte, bevor es das Glück gab, vergaß man. Es hatte das Feuer gegeben. Es hatte Staub gegeben.

Die Mathematiker versuchten, uns in eine Gleichung zu zwängen.

Die Philosophen in einen Begriff.

Die Katholiken zwischen die Seiten des Neuen Testaments.

Die Ethnologen schliefen wenig.

Das Interesse wurde durch das Fehlen von Zeugen nur noch gesteigert, denn die Betroffenen waren fast alle in einem Drama, für das niemand eine Erklärung fand, ums Leben gekommen. Der Mangel an Informationen gab den Gerüchten Nahrung und ließ den Fantasien freien Lauf.

Auf dem Bildschirm in meinem Krankenzimmer rückte man die Krawatte zurecht, spitzte den Mund, um zu erklären, dass solch ein Gemeinwesen zwangsläufig zur Implosion führen müsse. Ich nickte, und diese leichte Kopfbewegung verursachte mir einen brennenden

Schmerz, der mich trotz unserer regelmäßigen Kontakte immer noch überraschte.

Als bester aller Liebhaber wusste er das Repertoire der Liebkosungen immer wieder zu erweitern.

Der verdammte Dreckskerl verstand sein Metier.

Man nahm die Brille ab, man kaute eine Weile auf dem Schildpattbügel herum, dann drehte man sich zur Kamera und versicherte in gelehrtem Ton, das Dorf sei nur der Ausdruck einer der zahlreichen Dysfunktionen des Landes. Es handle sich hier nicht um Glück. Es handele sich hier lediglich um eine Gruppe verhaltensgestörter Menschen, die verschiedene Zufälle zusammen- und in den Untergang geführt hätten.

Dann sprang man wieder auf, wobei man die Hocker auf dem Podium umstieß; man vergaß alle guten Manieren und wurde handgreiflich. Mitten in die schönste Schlägerei wurde Werbung geschaltet.

Auf dem Bildschirm lud man mich ein, meinen Urlaub in Spanien zu verbringen. Man zählte die zahlreichen Vorteile der Munddusche mit Chlorophyll auf.

Ich hatte keinen Mund mehr. Und meine Ferien, Freunde, verbrachte ich in der Hölle, wo es verdammt heiß ist, heißer als in Sevilla.

Geografiestunde 6
Landflucht und Wohnungsknappheit

Pierrot zählte die Häuser in dem verlassenen Dorf.

Noch wusste er nicht, wie viele Idioten ihm in das Abenteuer folgen würden, und er verbot sich sogar, daran zu denken. Eins zwei drei, ich denk mir nichts dabei, vier fünf sechs, ich denke nicht daran; aber der Ort gefiel ihm verteufelt gut.

Das Dorf bestand aus den unterschiedlichsten Häusern, alten und neuen, die nach keinem bestimmten Plan entstanden waren. Aber alle hatten vier Wände.

Alle schienen darauf zu warten, dass wir hineingingen.

Und das tat Pierrot, der große Mann mit dem feuchten Haarpelz.

Er ging in jedes von ihnen, auch wenn er dafür eine blinde Fensterscheibe einschlagen, ein rostiges Schloss aufbrechen oder seine breiten Schultern gegen eine Tür stemmen musste.

Die leeren Zimmer waren Blasen abgestandener Luft. Es stank bestialisch, Pierrot musste sich die Nase zuhalten. Er suchte nach Leichen. Es gab keine. Nur der Tod verbreitet einen dermaßen widerlichen Gestank. Und die Verlassenheit.

Keine Möbel, nur wertlose, entsetzlich geschmacklose Nippsachen hier und da.

Ein Delphin aus Glas.

Eine gusseiserne Schildkröte mit Achataugen.

All diese abscheulichen Dinge, von denen sich zu trennen man erst am Tag des Umzugs den Mut aufbringt.

Denn vergessen heißt noch lange nicht wegwerfen, nicht wahr?

Pierrot verbringt die Nacht auf dem Fußboden einer der Bruchbuden, streckt sich auf Fliesen aus, die keine mehr sind, verrottet, fast schon aufgeweicht durch Zeit und Feuchtigkeit und Ungeziefer, ein lebender Teppich sozusagen, nachgiebig genug, um bequem darauf zu liegen.

Das Dorf hat keinen Namen. Man hat die Schilder an Ortsein- und -ausgang entfernt.

Am nächsten Morgen in aller Frühe schreibt Pierrot auf ein Holzbrett, aber mit Kreide, der Blödmann: Dorf der Idioten.

Anti-Lektion 10

Unsere Tour de France, benannt nach einer anderen, noch berühmteren Tour, die aber die Teilnehmer nach ihrer Ankunft halbtot zurücklässt, völlig erledigt, verzweifelt in ihrem tapferen, unverzagten Herzen, die Muskeln zementhart, während wir lebendiger, stärker waren denn je – unsere Tour de France also endete in einem kollektiven Begeisterungstaumel, mit Triumphgeheul und erhobenen Armen und explosionsartigem Gelächter.

Wir landeten in dem Dorf, das Pierrot ausgewählt hatte. Für diesen tadellosen, farbenfrohen Anblick, sauber wie ein Kinderpopo, musste der große Mann wohl einen beträchtlichen Teil seiner Erbschaft geopfert haben. Jedes Haus war renoviert, geschmacklos eingerichtet und mit Dingen aus dem Secondhandladen nach allen Regeln der Basarkunst ausgestattet.

Die verwaisten Nippsachen, die er vorgefunden hatte, waren noch da, Ladenhüter der modernen Raumgestaltung, Delphine und Schildkröten und der ganze Scheiß, denn er war sich sicher, dass uns das gefallen würde.

Ja. Absolut sicher. Die Häuser und der ganze Rest, all das hat uns ungeheuer entzückt.

Die grell angestrichenen Flure und die schlichten Puppenhausmöbel spiegelten gewissermaßen das Innenleben unserer Gehirne wider. Wir hatten im Zug darüber gesprochen, und in dem entsetzlichen Chaos, das das euphorische Gefühl, eine vernünftige Überlegung anzustellen, einen richtigen Gedanken zu haben, in unseren Köpfen ausgelöst hatte, war die gemeinsame Vorstellung von einer Art Spielzeug entstanden: bunt, lustig – und gefährlich für den, der einen anderen verletzen wollte … oder sich selbst.

Eine hübsche Murmel durchs Nasenloch ins Gehirn gedrückt. Ein Sprungseil um einen Hals gelegt.

Den Brunnen mit den fünf Fontänen hatte Pierrot auf einem kleinen Platz bauen lassen, den es offenbar früher einmal gegeben haben musste, und gleich daneben hockte der Hund in Bronze, so groß wie ein Haus.

Ihr hättet euren Augen nicht getraut.

Dieses riesige Ding war eine wunderbare Hommage an unseren katastrophalen Sinn für Proportionen.

Der Hund war wirklich hässlich, hatte eine Schnauze so groß wie eine Geschirrspülmaschine und machte Sitz, ohne allerdings Pfötchen zu geben. So etwas Hässliches habt ihr bestimmt noch nie gesehen.

In unseren Augen aber, die sich gar nicht so sehr von den euren unterscheiden, war dieses Monstrum schöner als die Sphinx.

Die Aufteilung der Häuser geschah durch Hölzchenziehen, nur dass die Verlierer die Gewinner waren. Sie suchten sich ihr Häuschen als Erste aus.

Selbstverständlich verlangte unsere kleine Logik, dass es nicht die größten oder hellsten Gebäude waren, auf die wir ein Auge warfen.

Klein-Annick fand Gefallen an einer Hütte, die aussah wie ein Hexenhaus aus Lebkuchen.

Die erste Verliererin.

Die erste Gewinnerin.

Mit ihrem Streichhölzchen in der Hand, einer Trophäe, die wertvoller war als irgendeine verdammte Medaille bei den Olympischen Spielen, spazierte sie durchs Dorf, und wir hinter ihr her, einem Haufen Sand ähnlich, der Korn für Korn für Korn durch die Türen rieselte und sich auf der anderen Seite wieder zu einem eng aneinandergedrängten Haufen formierte.

Der zweite Verlierer entschied sich für einen Schuppen, den Pierrot eigentlich als Vorratslager vorgesehen hatte. Doch da das Spiel ein Spiel und unser großer Mann ein vorbildlicher Sportsmann war, bekam Jean den Schuppen als Heim zugesprochen. Seine zwei Meter und etwas mussten sich bücken, um durch die niedrige Tür zu passen.

Er war glücklich. Schuppen seien sein Ding, verriet er uns. Es fehle nur noch ein Baum, dann sei es ein Baumhaus.

Wir sagten zu ihm, mit etwas Glück würde dort ein Unterhöschen wachsen.

Mir für meinen Teil hätte es nichts ausgemacht, auf dem Bürgersteig zu schlafen. Wichtig war mir nur, hier zu sein. Zum Dorf zu gehören.

Ich bekam das Haus, das keiner haben wollte. Das schönste. Das größte.

Ein Schloss. Ich schwör's euch.

Anti-Lektion 11

Glück existiert nicht, sagt man. Oder wenn es existiert, ist es nichts weiter als ein flüchtiges Gefühl, das einem schnell wieder entgleitet. Und die Erinnerung daran gleicht der an eine Sternschnuppe, die man aus den Augenwinkeln wahrgenommen hat. Häufig ist man sich nicht sicher, ob man sie wirklich gesehen hat, die Sternschnuppe. Nie würdet ihr so weit gehen, auf dem Grab von Großmutter-Großvater, die euch wollen, die euch lieben, zu schwören, das Glück wirklich erlebt zu haben.

Das, was man für Glück hält, ist nichts weiter als eine Erfindung, sagt man, etwas, das wir uns ausdenken, ein Menü, das euch euer kleines, von einer enttäuschenden Wirklichkeit gequältes Herz zusammenkocht.

Glück existiert nicht, sagt man, was existiert, ist nichts als die Sehnsucht, diesen Zustand zu erreichen.

Und dennoch.

Wir waren eine Sternenkonstellation.

Ein paar Dutzend Sterne mit Arbeiterhänden und Bärenmaul, die ihre Pranken auf die Schulter des Nachbarn legten, um sich zu vergewissern, dass diese unmögliche Sache real war; die in einen Unterarm kniffen, der nicht unbedingt der eigene war, aber durch heftiges Zucken bezeugte, dass all das kein dummes Zeug war; die gegen den schneidenden Novemberwind anpissten und darauf warteten, dass es dampfte, was beweisen würde, dass dieses Luftschloss keine Einbildung war.

Der Urin dampfte.

Das bedeutete, wir hatten unseren Palast. Unser Schloss.

Kein Luftschloss.

Und als zu allem Überfluss auch noch die Sonne die Hosen runterließ und nackt am Himmel stand, die Wolkenkugeln an den Horizont geschoben, stellte sich Jean lautlos hinter mich und zog mit der ganzen Kraft der Stahltrosse, die ihm als Arme dienten, an meinen Haaren. So viel Glück war zu viel für einen einzelnen Menschen.

Für einen einzelnen Idioten.

Die Straße war nun ein einziger langer durchdringender Schmerzensschrei, der in jedes Haus drang, in jedes Ohr, in jedes Bewusstsein, eine

Erinnerung an das Wunder, das wir uns mit Hilfe unserer Dummheit geschaffen hatten.

Ja, einfach wunderbar, unsere Fähigkeit zum Glück, das hier einen Platz gefunden hatte, an dem es sich ausstrecken konnte wie ein fauler Kater, sich der Länge nach ausbreiten konnte, überall, für immer.

Danach, nach dem Schmerz und meinem Schrei, in den er sich kleidete, rieb ich mir den Kopf und warf Jean den missbilligendsten Blick zu, zu dem ich unter diesen Umständen fähig war: einen liebevollen.

»Wollte nur sicher sein«, entschuldigte sich Jean sogleich.

Klein-Annick fühlte sich bei dem ständigen Vogelgezwitscher wie im siebten Himmel. Sie glaubte, einen so süßen Klang in den Ohren könne es nur im Watteparadies geben. Wenn es in den Baumkronen des benachbarten Waldes, der nicht schlief, nie, wieder einmal ohrenbetäubend zwitscherte, lief sie zu Jean und trat dem Koloss mit voller Wucht in die Genitalien.

Jeans mächtiger Körper krümmte sich zusammen.

»Nur um mich zu vergewissern«, sagte Klein-Annick und streichelte über den Rücken des Riesen, der sich für einen kurzen Augenblick auf ihrer Höhe befand.

Am Tag der Lebensmittellieferung verbrachte

Georges Stunden damit, die Nase in einen Rinderrumpf zu stecken. Wenn er dann schließlich mit hochrotem Kopf wieder aus dem Bauch des toten Tieres auftauchte, machte er sich auf die Suche nach Klein-Annick, um ihr in den strammen Po zu kneifen.

»Mir war gerade danach«, sagte er mit einem breiten weißen Grinsen auf seinem Entrecote-Gesicht.

Fußtritte und Liebkosungen. Die Ewigkeit in unserer Hand.

Das Glück existierte.

Anti-Lektion 12

Die Idee mit dem Test kam von Pierrot. Von wem sonst. Als der erste Tiefstapler im Dorf aufgekreuzt war, hatte Pierrot sich in seinem Haus eingeschlossen, um über die Gefahr nachzudenken, die da wie ein Regenschauer über uns kam.

Um eine Lösung zu finden, brauchte er Ruhe. Hinter den roten Mauern seines Hauses, die dünne Bäche von Blut weinten, wenn es schüttete, würde er sie finden, die Lösung. In solchen Dingen war er so etwas wie ein Experte geworden. Ein Problem? Fragt Pierrot! Eine äußerst heikle Angelegenheit? Geht zu dem großen Mann da drüben, dem mit dem feuerroten Haar.

Doch seine Abwesenheit auf dem anarchischen Markt, der sich jeden Morgen neu erfand durch die Reihenfolge, in der die Händler auf dem kleinen Platz eintrafen, durch ihre Stimmung und die Freundschaften unter ihnen, Freundschaften, die so häufig wechselten, dass man am Ende nicht mehr wusste, wer einem ins Gesicht spuckte, wer auf den Rücken klopfte; seine Abwesenheit auf diesen langen Gängen, die die Chancen der Stände erhöhen oder zunichtemachen konnten, Stände mit überquellendem Obstangebot, mit Rind- und Schweinefleischstücken, die wie die Reste eines riesigen Tieres wild durcheinanderlagen – die Abwesenheit dieses von allen respektierten Mannes wirkte vom ersten Augenblick an so besorgniserregend wie ein Bild von Kleopatra mit abgeschlagener Nase.

Oder ohne Augen, das läuft am Ende auf das Gleiche heraus.

Seine Gewohnheiten zu ändern gehörte nicht zu Pierrots Angewohnheiten.

Um acht Uhr legte er zwei, drei Geldstücke auf eine Bärentatze, eine gewaltige Pranke, die wie geschaffen schien für eine Schlägerei.

Eine Hand, die einem die Netzhaut abreißen konnte.

Aber sie war ganz weiß, die Hand vor Pierrots Nase, und offen wie eine Blüte, ein Buch, eine Vagina: Eine feine Mehlschicht bedeckte sie, machte sie beruhigend sanft, verwandelte die Möglichkeit, furchtbar verprügelt zu werden, in die Möglichkeit, unendlich liebevoll gestreichelt zu werden.

Es war Jean, unser Bäcker. Jean, der sich

ganz klein machen musste, um durch die Tür seines Hauses zu passen.

Jean, der zusammengerollt schlafen musste wie ein Fötus in dem winzigen Schuppen, den er sich ausgesucht hatte, um den Rest seines Lebens darin zu verbringen.

Jean, das war der Name, den wir ihm gegeben hatten, denn der Junge war mit nichts als seinen über zwei Metern zu uns gestoßen.

Eines schönen Morgens hält unser verrückter Zug in einem so gut wie toten Kaff, einem Kaff, das dich für die nächsten zehn Jahre in eine tiefe Depression stürzen kann, und da sehen wir einen Riesen von einem Mann auf uns zukommen, einen mächtigen Oberkörper und Beine, dass es einen umhaut, und dabei nicht in der Lage, uns seinen Namen zu sagen, sodass uns nichts anderes übrigbleibt, als ihn mit »He! Du!« anzureden, was, geben wir es zu, nicht die richtige Art ist, mit jemandem zu sprechen, der im Stande ist, einen mit dem Zeigefinger zu zerquetschen.

Pierrot war sich sicher, dass Jean, der in seinem Dorf der Dorftrottel war, seinen Taufnamen zusammen mit der Hoffnung aufgegeben hatte, eines Tages jemand zu sein, der mit seinem Taufnamen angeredet wird.

»Trottel«, ganz einfach »Trottel« seit jenem nassen Sommernachmittag, als Klein-Jean das Kätzchen seiner kleinen Schwester ins Wasser geschmissen und lachend zugesehen hatte, wie es getanzt und gesungen, gesungen und getanzt und mit den winzigen Beinchen gestrampelt hatte, ein wunderschönes Wasserballett, und neben ihm die kleine Schwester, die nicht weiß, ob sie weinen oder lachen soll.

Nein, nicht lachen, sie weint, mehr nicht.

Aber das war nur eine Vermutung von Pierrot. Wir wussten nicht mal, ob es die kleine Schwester überhaupt gab.

Nun ja, bald kapierten wir, dass die Geschichte mit dem Kätzchen nur eine Geschichte war, eine von all jenen Fabeln, die Pierrot uns gerne erzählte, wenn ihm danach war, verrückte Vermutungen anzustellen.

Pierrot hat sich eben aus der Wahrheit sein eigenes Süppchen gekocht.

Um zehn nach acht stand Pierrot vor Georges, unserem höchst ehrenwerten Metzger, dessen Gesicht, um der Wahrheit die Ehre zu geben, das glänzende, knallrote Aussehen von rohem Rindfleisch angenommen hatte, auf dem sowohl seine Reputation als auch sein Erfolg als Geschäftsmann beruhte.

Dass er der Einzige war, der uns mit Fleisch versorgte, änderte nichts an der Tatsache, dass er der Beste war. Wie jeder hier.

Deine Hacksteaks wickelte er sorgfältig in kleine Spitzenhöschen ein, die er wer weiß wo geklaut hatte, jedenfalls hatte er eine ganze Sammlung davon unter seinem Verkaufstisch, und niemand konnte sich sicher sein, ob sie sauber waren. Und es war uns auch ziemlich egal, das muss man sagen.

Pausenlos hantierte er mit seinem Fleisch herum, zerteilte es, drehte es kräftig durch den Wolf, dass einem schier das Herz brach, klopfte es unbarmherzig weich, dass man den Eindruck hatte, es sei die Ursache für all sein Unglück.

Doch der Schein trog. Georges war glücklich, damals.

Wir waren alle glücklich.

Und verpassten uns überraschende Ohrfeigen, einfach so, nur um uns ganz sicher zu sein.

Falls Georges irgendwann einmal enttäuscht worden war, so hatte er keinerlei Erinnerung daran. Außer an das tote Fleisch, das er vor unseren Augen malträtierte, erinnerte er sich an fast nichts mehr.

Es folgten in unveränderlicher Reihenfolge ein Besuch beim Käsehändler, beim Fischhändler und bei der kleinen Eierverkäuferin, einer einfältigen und rührend ungeschickten jungen Frau, deren Hände von einer klebrig-feuchten gelben Schicht bedeckt waren. Man hatte nicht übel Lust, ihr all das Gelbe von den Händen und Handgelenken zu schlecken, das Butterblumengelbe, das Goldgelbe, golden wie eine flüssige Sonne auf der weißen Haut.

Auch über ihre Lippen hätte man gerne geleckt.

Allerdings aus einem ganz anderen Grund, um ehrlich zu sein.

Danach das Gemüse der Saison, der Obststand, weil man mit gutem Beispiel vorangehen muss und Äpfel, Bananen und Erdbeeren ja so gesund sind, zum Schluss ein paar schmatzende Küsse wie Peitschenhiebe auf strahlend lächelnde Wangen, und dann geht Pierrot ins Café, nachdem er wieder einmal festgestellt hat, dass eine perfekte Desorganisation dem Glück nicht im Wege steht.

Geografiestunde 7 Politische Führer: Rede oder Propaganda?

Das Café war eigentlich kein richtiges Café. Aber es hatte genügt, es »Café« zu nennen, damit es zu einem wurde.

Die Realität, diese gute alte Knetmasse, aus der man machen kann, was man will.

Bevor dieser kleine, rechteckige Raum mit den vielen Fenstern zu einem Café wurde, war er das einzige Klassenzimmer der Schule gewesen, wo seit Jahrzehnten kein Kind mehr irgendetwas gelernt hatte. Wo seit der plötzlichen und allgemeinen Flucht aus dem Dorf kein Kind die Offenbarungen eines Lehrers, der den Schlüssel zum Universum zu besitzen schien, mit großen Augen bestaunt hatte.

Und dann waren wir Dorfdeppen gekommen und hatten die Nachfolge angetreten.

Es gab keinen Morgen, an dem Pierrots Fischottergesicht sich nicht über einen Tee ohne Tee, aber mit Zitrone, gebeugt hätte.

Über eine heiße Zitrone, mit anderen Worten. Aber ihr wisst ja, wie Idioten sind, sie haben die Angewohnheit, die Welt immer verkehrt herum zu betrachten.

Dann kam der Moment, in dem Pierrot den Kopf schüttelte, um den Dampf zu verscheuchen, der ihm in die Nase stieg, und zu reden begann.

Und alle hörten ihm aufmerksam zu, denn was da zwischen seinen schmalen Lippen hervorkam, die in die Watte einer sanften, bedächtigen Stimme gebetteten Wörter, war von einer Weisheit, die auch der dümmste Dummkopf erkennen musste.

Alle wussten, dass die Sätze, die dieser Mund hervorbrachte, das Fundament der Festung waren, die sie schützte.

Kinder gab es keine im Dorf der Idioten, aber wenn es welche gegeben hätte, hätten auch sie ihr Spiel unterbrochen, um Pierrots Worten zu lauschen.

Sogar die Taubstummen wären herbeigelaufen, um die Worte von seinem zerfurchten Gesicht abzulesen.

Sogar die Toten, die nicht wirklich tot waren dank der Grabsteine, auf denen ihr Name stand.

Sogar Gott, der, so stellten wir uns vor, seinen großen Kopf mit dem langen Bart neigte und sein riesiges Ohr an das Dach des Cafés presste.

Anti-Lektion 13

Auf dem Markt beginnt man sich schon bald Fragen zu stellen.

Um acht Uhr dreißig kommt die erste Unruhe hinter Jeans Stand auf.

Um acht Uhr zweiunddreißig ist die Unruhe, die auf Georges' blutige Auslagen übergesprungen ist, bereits mehr als das.

Bestürzung: Wenn die Dinge sich so gegen dich verschwören, dass du nicht mehr weißt, was du tun sollst.

Um acht Uhr fünfunddreißig landet die Bestürzung auf Juliens Edelpilzkäse.

Als eine hübsche handfeste Panik.

Acht Uhr achtunddreißig: Panik ist keine bloße Panik mehr, wenn die kleine Eierverkäuferin sie mitten ins Gesicht kriegt.

Wahnsinn: Wenn deine persönliche kleine Logik für die anderen nur irgendein Unsinn ist.

Tomaten zittern in fahrigen Händen, und bald

erfüllt Pierrots Abwesenheit alle Gänge des Marktes.

Von einem Moment auf den anderen geistert das Verschwinden des großen Mannes mit den triefend nassen Haaren durch alle Köpfe.

Unsere Köpfe waren ohnehin schon ziemlich leer, und nun verschwindet Pierrot, was die Leere noch um einiges vergrößert. Ihr wüsstet vielleicht, was zu tun ist, aber wir, wir wissen nur, dass das Problem zu groß ist, als dass wir es benennen könnten.

Bald schart sich eine Menschenmenge um den Stand der jungen Eierverkäuferin. Blankes Entsetzen lässt uns die Augen weit aufreißen, verwandelt sie in abscheuliche Kugeln ohne Lider. Und jeder denkt nach, wenn »jeder« bedeutet: ich und sonst niemand, ich plötzlich ganz allein auf der Welt, ich denke und denke: das Gelbe überall auf der weißen, zarten Haut, ein Pigment, das ich gerne abschlecken, bis zum letzten Tropfen genüsslich verschlingen würde, um zu vergessen, dass ich keine Angst habe.

Um zu vergessen, dass ich dieser Horde vor Entsetzen erstarrter Idioten nicht angehöre.

Julien mit seinen fünfundvierzig Jahren und rund hundertzehn Kilo schwitzt wie Weichkäse aus Avesnes, wie alter Gouda. Er fängt an zu wimmern, als würde er gleich ausgepeitscht.

Idioten sind Herdentiere, wie überall auf der

Welt: Alles flennt und wischt sich mit den Ärmeln den Rotz von der Nase.

Außer mir.

Ich erkenne mich in diesen vor Angst entstellten Gesichtern nicht mehr wieder.

Es ist nicht das erste Mal, dass ich das erschreckend verrückte Gefühl habe, kein Idiot von Geburt an zu sein. Kann man einer werden, wenn einem von klein auf eingeredet wird, dass man einer ist?

Mam gehörte zu jenen hartherzigen Frauen, die kein Mutterinstinkt jemals dazu veranlasst, dem Kind, das weinend an ihren Rockschößen hängt, tröstend übers Haar zu streichen.

Stattdessen schlug sie mir mit dem Handrücken ins Gesicht. Aber wenn ihr mir von Anfang an aufmerksam zugehört habt, wenn das, was ich euch erzählt habe, nicht vollkommen spurlos an euch vorbeigegangen ist, dann überrascht euch das keineswegs.

Dann beginnt ihr langsam zu begreifen, was für ein altes Scheusal Mam sein konnte.

Und wenn sie befürchtete, die Tortur, zu der sie mein tägliches Leben machte, könnte zur Routine werden, zog sie an meinen Ohren oder stach mir liebevoll den Daumen ins Auge, und das war dann überhaupt nicht mehr lustig.

Lustig war es eigentlich nie, auch wenn sie das Gegenteil zu glauben schien.

Mit ein wenig Fantasie kann man sich die Realität so zurechtbiegen, wie man sie haben will.

Bis es nicht mehr lustig ist, wenn ein schmächtiger Knabenkörper liebevoll gequält wird.

Und immer, immer zischte sie mir in die Ohren, ich sei ein Vollidiot. Solche Dinge stieß sie mit ihrem für diese Gelegenheit besonders runden Schmollmündchen hervor.

»Ein Idiot mit nichts im Kopf.«

»Nichts?«, fragte ich.

Nichts: Wenn noch weniger da ist, als du meinst. Sagte Mam mit ihrem Schmollmund, einer dunklen Höhle, aus der sie Gift und Galle auf die Frucht ihres Leibes spuckte.

»Ein Vollidiot.«

Georges ist achtunddreißig, und beim Anblick seines fleischroten Metzgermauls würdet ihr davon träumen, alles nur noch blau in blau zu sehen. Himmel und Meer und Schlümpfe. Alles. Er fängt an zu flennen wie an Weihnachten ohne Geschenke.

Jean heißt Jean, weil *géant* (Riese) ohne Akzent wie Jean ausgesprochen wird. Sein Kiefer ist breiter als eine Wolfsfalle. Er fängt an zu heulen wie am ersten Schultag nach den Ferien.

Mam zischte Pap in die Ohren, er hebe einen Ellbogen öfter als den anderen.

Das klang nicht gerade wie ein Vorwurf.

Mehr wie eine Aufmunterung, würden manche sagen.

»Ein alter Penner, dein Vater.«

»Ein unglaublicher Schluckspecht, dein Pap.«

Mit der Zeit und der Langeweile und, vor allem, mit seiner Frau hatte Pap sich in eine umgekehrte Bierpumpe verwandelt. Tag und Nacht gluckerte es ununterbrochen durch seine Arbeitslosenkehle, und man hätte meinen können, es sei sein Job, vierundzwanzig Stunden am Stück granatenvoll zu sein.

Meinem Bruder flüsterte der Schmollmund zu, er sei schlau, sehr schlau. Ein pfiffiger Kerl, der es in seinem Leben zu etwas bringen werde, was auch immer geschehe.

Diese intensive Propaganda hörte mein Bruder morgens und abends und morgens und abends, und das machte ihn zum Klassenbesten.

Das machte aus ihm einen Eisblock – ihr wisst schon, was ich meine –, dessen Zukunft in der Petrochemie bereits von A bis Z vorherbestimmt war.

»Dreckige kleine Schlampe«, bekam meine Schwester zu hören.

Dreckige.

Kleine.

Schlampe.

Barbie, das Gesicht auf dem kleinen Ärmchen, das gelbe Haar mit den gut sichtbaren Löchern zwischen den Strähnen, die zeigten, dass alles falsch war, die Wespentaille, die Brüste wie zwei gewaltige Dünen, ein anatomischer Betrug, meine Schwester, zu jung, um zu merken, dass alles falsch war, meine Schwester, die Barbies Taille mit ihren winzigen Händen umklammerte, meine Schwester sah ihre Naivität durch Mams Andeutungen baden gehen: »Ich finde, es ist nicht sehr gesund, so lange an einer Plastikpuppe herumzufummeln. Das wird ein böses Ende nehmen! Weißt du, was das ist, eine dreckige kleine Schlampe?«

Pierrots Abwesenheit in den Marktgängen, Kleopatras Nase, die nicht zum Appell antritt, das lässt die Menge erzittern.

Die Erinnerung an Mams Schmollmund, der mir etwas in meine unschuldigen Kinderohren zischt, das lässt nur mich zittern.

Das lässt mich zittern, und all die Idioten, die wegen Pierrot und der Leere, die er an diesem Morgen im Dorf hervorgerufen hat, vor Angst schlottern, lassen meine Augen flattern.

Eine doppelte spasmogene Wirkung, die ein Erdbeben auslöst.

Ich kann nichts mehr sehen.

Was die unmittelbare Zukunft bringen wird, weiß ich nicht, nur, dass ich gleich fallen werde.

Am besten, man fällt, ohne sich weh zu tun.

Ich falle.

Medizin für die Nullen 4

Ich falle.

Mein zerschlagener Körper, mein verkohlter Körper ist eingehüllt in Kilometern von Verbandszeug. Wenn er aus dem Krankenbett fällt und auf den Boden knallt, macht er weniger Lärm als eine Schlummerrolle.

Tutanchamun, mein Freund, du kannst dich wieder anziehen.

Ich habe etwa zwanzig Kilo bei der ganzen Sache verloren, muss ich dazu sagen. Verbranntes Fleisch, in Rauch aufgegangen, in den Himmel aufgefahren. Meine Asche im Universum. In der Luft, die ihr einatmet, ist auch ein wenig von mir enthalten. Fast nichts, okay, aber fast nichts ist mehr, als ihr meint.

Meine Damen, wenn Sie alle möglichen Diäten hinter sich haben, die nicht halten, was sie versprechen; wenn Ihre Kilos sich an Ihre Hüften klammern wie die dicken Pfoten eines Gatten, den Sie schon lange nicht mehr ertragen, aber einfach nicht loswerden können, sorgen Sie dafür, dass Sie in eine kleine Gasexplosion geraten, suchen Sie sich einen hübschen Waldbrand und gehen Sie gegen die Windrichtung, oder wenn Ihnen das zu unsicher scheint, schnappen Sie sich ganz einfach einen Schweißbrenner und lassen Sie sich den Hintern von seiner dicken Feuerzunge belecken, und ich garantiere Ihnen einen sofortigen spektakulären Gewichtsverlust. Vergessen Ihr angefressener kleiner Bauch, der vom Gummizug Ihres Bikinis eingezwängt wird. Auf immer verschwunden die hässliche Orangenhaut, von der Sie sich Tag für Tag überzeugen, indem Sie sie zusammenkneifen. Zusammen mit der Orangenhaut wird sich allerdings Ihre gesamte Epidermis verabschiedet haben. Bestimmt werden die Leute Sie nicht wie früher mustern. Sie werden Sie mit ganz anderen Augen ansehen. Und Ihren Gatten sind Sie für alle Zeiten los, versprochen. Aber war es nicht das, was Sie wollten?

Um mich fortzubewegen, müsste ich mein Gerippe jetzt mit dem ziehen und schleppen, was von meinen Armen übrig geblieben ist.

Ich hätte es wissen müssen: Die Dinge sind genauso kompliziert, wie es auf den ersten Blick scheint.

Um eine Entfernung zu überwinden, die ich

auf fünf Zentimeter schätze, brauche ich zehn Minuten.

Ich versuche es also mit Schreien. Um Hilfe zu rufen, das scheint in Zukunft alles zu sein, wozu ich in der Lage bin.

Der Laut, der aus meinem Mund kommt, reicht aber nicht weiter als ein Spatzenfurz. Dafür explodiert der Schmerz in meiner Kehle wie eine Granate.

Entmutigt lege ich den Kopf auf den Boden.

Meine Wange, das heißt, mein offenes Jochbein auf den kalten Fliesen ist nicht wirklich das, was man erträglich nennen könnte.

Vor meinen Augen tanzen sechsunddreißig Kerzen, vielleicht noch mehr.

Ich denke an Elisa, aber der Schmerz ist deswegen nicht weniger unerträglich. Ich denke an ihren Po, der so winzig ist, dass meine Hände erstaunt innehalten, aber auch das hilft nicht.

Die Leute versichern sich gegenseitig mit leuchtenden Augen, dass die Liebe Wunder vollbringt. Dass sie über alles triumphiert. Dummes Zeug. Physischer Schmerz macht sie so platt wie eine Fliegenklatsche die Schmeißfliege.

Die Liebe, tsss … Wenn euch die Eingeweide herausgerissen werden, wach und bei Bewusstsein und alles, dann können wir noch einmal über die Liebe reden.

Lasst euch den Oberschenkel mit einem Baseballschläger zertrümmern und sagt mir, ob das, was auf der langen Skala der Gefühle ganz oben steht, immer noch das der ach so kostbaren Liebe ist.

Meine Unterarme ziehen mich ein paar Zentimeter vorwärts, und mir scheint, dass ich vorankomme.

Zeit und Raum sind beliebig dehnbare Begriffe. Ein paar Zentimeter auf dem Fußboden sind vielleicht dreißig Minuten auf der Uhr.

Ich bin der langsamste Mensch der Welt. Rekord! Aber niemand ist da, um zu applaudieren. Nicht einer meiner Fans würdigt meine Hochleistung.

Noch ein paar Zentimeter Trübsinn.

Und noch ein paar.

Die Röhrchen und Schläuche, die aus mir herauskommen und in mich eindringen, werden nacheinander herausgerissen und gießen die Flüssigkeiten, die für mich bestimmt waren, über den Boden.

Mein kleiner persönlicher Cocktail ergießt sich auf den Boden, bildet mehrere Pfützen um mich herum.

Da ist die Tür, ganz in Reichweite meiner Stümpfe.

Klar, sie ohne fremde Hilfe zu öffnen ist reines Wunschdenken, noch so eine Wahnvorstellung meines Hirns, das sich von nichts anderem nährt.

Elisa, ich werde einen Weg finden, um zu dir zu gelangen!

Noch ein wenig Geduld. Ein ganz klein wenig.

Anti-Lektion 14

Es ist nicht das erste Mal, nachdem mir dieser erschreckend verrückte Gedanke kam, kein Idiot von Geburt an zu sein, dass ich Pudding in den Beinen habe.

Immer wieder habe ich mich an Tische geklammert, an Türknaufe, an die Idioten in meiner Reichweite, zufällige Krücken für mein Ich, das von den furchtbarsten Zweifeln gequält wird.

Ich falle.

In ihrer Panik, in die sie heute Morgen auf dem Markt verfallen sind, halten die Idioten das natürlich für den Ausdruck meines Entsetzens über Pierrots Abwesenheit.

Diese Deppen.

Ich gehe zu Boden, ein übler Schlag auf den Hinterkopf, dann das goldgelbe Gesicht der kleinen Eierverkäuferin, das sich über meines beugt. So golden das Gesichtchen des schönen Mädchens, und darunter meines so bleich wie ein Leben ohne Sonne.

Herdentiere sind für Idioten das, was sie für die übrige Welt sind.

Für mich sind sie nichts weiter als Schafe zum Einschlafen. Sie springen über Zäune und springen und springen, guten Morgen, schöner Schlaf, wären da nicht die kräftigen Klapse, mit denen die kleine Eierverkäuferin fröhlich meine Wangen tätschelt.

Sie marschieren eins nach dem anderen an mir vorbei, die Schafe, und stellen nacheinander ihre treffende Diagnose.

»Er hat Grippe, sein Gesicht ist ganz durchweicht.«

»Sagt man ›durchweicht‹?«

»Epilepsie, sag ich euch.«

»Man sagt ›aufgeweicht‹.«

»Er macht eine titanische Krise durch.«

»Dann ist er ein Titan.«

»Sagt man ›titanisch‹, bist du sicher?«

»Aber ich hab doch gar nichts getan!«, fängt Klein-Annick an zu schreien.

Die kleine Eierverkäuferin schiebt die Menge beiseite.

»Luft! Luft!«, ruft sie.

Ich hebe meinen Oberkörper ein wenig an, den Hintern noch immer auf dem harten Asphalt des Platzes im Schatten unseres Riesenhundes, und lecke über die rosigen Lippen der kleinen Eierverkäuferin und lecke und lecke.

Einem Sterbenden verzeiht man alles. Auch dem, der nur so aussieht, als läge er im Sterben.

Ich liege nicht im Sterben.

Ich sehe nicht mal so aus.

Aber um mich herum nichts als Idioten, aufgereiht wie die Perlen eines Rosenkranzes.

Ein Idiot glaubt sehr schnell, dass man im Sterben liegt.

Es reicht ein Tropfen Blut. Eine kleine Ohnmacht.

Und schon verkündet dir ein Komitee Auge in Auge die Stunde deines Ablebens: »Monsieur, es ist neun Uhr zweiundzwanzig, es tut uns leid, Ihnen sagen zu müssen, dass Sie tot sind.«

Trotzdem setze ich mich auf meine quicklebendigen Arschbacken, und die beachtliche Erektion ist der Beweis dafür, dass man nicht tot ist, solange die Begierde es nicht ist.

Die kleine Eierverkäuferin verzeiht mir auf der Stelle, dass ich ihren hübschen Mund abgeleckt habe.

Sie gewährt mir Nachsicht mit ihren Augen, die von Lidern, schwer wie die einer Katze, halb bedeckt sind.

Immerhin hat das Ganze für ein wenig Ablenkung gesorgt. Für ein paar Minuten ist die Sorge um Pierrots Verschwinden verschwunden.

Ich stehe auf, und die Abwesenheit des großen Mannes kehrt in die vor Panik geweiteten Pupillen zurück, in die Münder, die nach Worten suchen, um sie auszudrücken.

Um mich kümmert sich niemand mehr.

Und das zu Recht.

Fremdbestimmung: Wenn du dich so sehr verachtest, dass du wirst, wie dich die anderen haben wollen.

Anti-Lektion 15

Einer von uns schlägt vor, zusammen zu dem großen Mann zu gehen, dessen Haare aussehen wie eine lebende Skulptur.

Wie ein einziger Mann machen wir uns auf den Weg.

Wie ein einziger Idiot.

Der Überlebensinstinkt hat einen Namen: Pierrot.

Im Gänseschritt marschieren wir durch die Straßen, schweigend, die Augen auf unsere Schuhspitzen gerichtet, so wie es die Leute machen, wenn jemand gestorben ist und man nicht dem traurigen Blick der anderen Trauergäste begegnen will, für den Fall, dass der trauriger ist als der eigene.

Wenn etwas Schreckliches passiert, wollen wir immer der Betroffenste von allen sein.

Das befreit uns von der Pflicht, andere zu trösten.

Trösten: Wenn du unsinniges Zeug von dir gibst, damit der andere zu heulen aufhört und du endlich verduften kannst. Mam hatte nicht viele Freunde.

Direkt vor mir wackelt die kleine Eierverkäuferin mit ihrem süßen kleinen Po.

Ich würde sagen, dass ein idealer Trost genau so aussieht.

Bis zu Pierrots Haus ist es nicht weit, aber bei einem Gänsemarsch, der von einem Trottel angeführt wird, kann man nie sicher sein, dass er den kürzesten Weg nimmt, und so steht mir eine Extraration süßer kleiner Wackelpo zu.

Endlich sind wir da, aber die Fensterläden sind geschlossen.

Allen kommt es komisch vor, hier zu sein, denn keiner von uns hat jemals Pierrots Haus betreten.

Bertrand wird dazu ausersehen, an die Tür zu klopfen.

Bertrand war in seinem früheren Leben Ingenieur. Wenn hunderttausend Volt durch deinen Körper gejagt werden, hat Pierrot uns erklärt, dann reduziert sich dein Schicksal mit einem Schlag auf zwei Möglichkeiten. Erste Option: Du bist tot; zweite Option: Du lebst, aber dein Hirn ist versengt.

Bertrand ist nicht tot, und jetzt klopft er schüchtern an die Tür eines Typen, den er für Gott hält.

Für verdammt viele Leute ist Pierrot Gott, werdet ihr sagen.

Bertrand klopft, und es sieht ganz so aus, als sei Gott nicht zu Hause.

Als Bertrand etwas berührte, das er besser nicht hätte berühren sollen, und seine Haare auf der Kopfhaut mit einem Schlag versengt wurden, geschah das in voller Absicht.

Es war eine Frage von Millimetern, da musste er höllisch aufpassen.

Es sollte kein Tag werden, an dem er dumm dastehen würde.

Zu lang, und deine ein Meter dreiundsiebzig werden gleich fünf Zentimeter kürzer.

Zu kurz, und jedesmal wenn jemand diesen Tag erwähnt, der der schönste deines Lebens werden sollte, verbrennt das Feuer unter deinem Arsch dein Ego.

Bertrand ist einer der unseren geworden, weil er Panik davor bekam, seiner Zukünftigen eine perfekte Ehe zu versprechen.

Makellos bis hin zur Bügelfalte seines Hochzeitsanzugs.

Und da kam er auf die Idee, weniger vorsichtig als sonst mit den Kabeln eines Generators umzugehen.

Der Blödmann.

Danach konnte vom Heiraten natürlich keine Rede mehr sein. Bertrand lag ein paar Wochen im Krankenhaus, und nach und nach wurden die Abstände zwischen den Besuchen seiner Verlobten größer.

»Mein armer, armer Liebling«, sagte sie. Gefolgt von »mein Liebling«.

Gefolgt von »Bertrand«.

Gefolgt von Schweigen.

Gefolgt von Blumensträußen.

Gefolgt von Kärtchen mit Genesungswünschen.

Gefolgt von Schweigen.

Schweigen.

Schweigen.

Auch die Besuche seiner Freunde wurden mit der Zeit seltener.

Würdet ihr nicht auch den Freund meiden, der euch gestern noch beim Kartenspiel ausgenommen hat und heute nichts anderes mehr kann, als euch die Hand zu besabbern? Und der die Spielkarten, die ihr ihm hinhaltet, um ihn auf andere Gedanken zu bringen, zwar mischt, aber anders, als ihr es euch vorstellt?

Er schmeißt sie auf den Boden.

Seht ihr, jetzt habt ihr aufgehört, ans Kartenspielen auch nur zu denken.

Pierrots Tür bleibt verschlossen, und Bertrand fängt an zu weinen wie ein Kind, das hinter dem Rauschebart des Weihnachtsmanns seinen Onkel erkannt hat.

Bertrand dreht sich zu uns um. Speichel glänzt auf seinen Lippen. Er sucht Trost in unseren Augen. Ich hebe die kleine Eierverkäuferin an den Hüften hoch und zeige Bertrand ihren hübschen kleinen Arsch.

Das hat bei mir funktioniert, und das kann auch bei ihm funktionieren.

Jetzt fängt Bertrand erst so richtig an zu heulen.

Wahrscheinlich die Wirkung der hunderttausend Volt.

Die Tür öffnet sich.

Medizin für die Nullen 5

Die Tür öffnet sich.

Mickymaus steht im Türrahmen.

Ich schwör's euch.

Ich wäre fast gestorben.

Zum zweiten Mal, meine ich.

Der Typ mit der Mickymaus-Maske und den schlechten Manieren war bestimmt kein Fan. Oder er hatte nicht so recht begriffen, was ein Fan ist.

Das Krankenhaus war in sanften, künstlichen Schlaf versunken. Hunderte von Zimmern, die gleichermaßen nach Leben und Tod stanken, flächendeckend berieselt mit allen möglichen Schlafmitteln in allen möglichen Formen, fest und gasförmig und flüssig und vielleicht auch noch ganz anders, der letzte Schrei, die Medizin kennt keine Grenzen, los, Leute, habt keine Angst, bettelt um euren kleinen experimentell-hausgemachten Schlaf, das Sandmännchen hat schon lange kein Monopol mehr auf Schlafmittel.

Diesem arbeitslosen Sandmännchen, dem habe ich Geschichten erzählt, um ihm die Zeit zu vertreiben, und mir erst recht, denn nichts half, ich würde sowieso nicht einschlafen. Wir haben nett miteinander geplaudert, stumm, nur mit den Augen, mehr konnte ich nicht verlangen. Zumindest sind wir uns nicht mit Worten auf die Nüsse gegangen. Alles war in Butter.

Und dann kreuzte Mickey auf, durch die Tür ist sie gekommen, die Maus, einfach so, ganz normal. »Guten Tag, Monsieur, guten Abend, wie geht es Ihnen?«, und ich wusste sofort, dass ich was Schreckliches erleben würde. Ein Abenteuer.

Der andere trat an mein Bett und hielt mir ein Messer, lang wie die Nacht, unter die Nase. Ich konnte sein Gesicht nicht sehen, aber ich stellte es mir strahlend schön vor, mit Schnurrbart, Tom Selleck oder so. Von einem Tom Selleck umgebracht zu werden, ja, da fühlst du dich viel besser, als wenn du von einem brutalen Typen ohne jede Klasse abgestochen wirst.

Genau das hab ich mir immer wieder vorgesagt, dass er bestimmt sehr schön war hinter seiner Mäusemaske, dieser Dreckskerl. Das tröstete mich ein wenig, aber das war auch so ziemlich alles, was ich tun konnte, um mich zu trösten.

Dann setzte er mir die Klinge an den Hals und sagte, ich hätte der Scientology-Kirche geschadet und müsse nun dafür bezahlen.

Ich gab keinen Laut von mir. Tom Cruise sei viel charismatischer als ich, fügte er hinzu. Und ich dachte: ›Tom, bist du's?‹ Ja, von Tom Cruise ermordet zu werden, einverstanden. Gefällt mir noch besser als Tom Selleck. Eine ganz andere Kategorie.

Hollywood eben.

Anti-Lektion 16

Pierrot stand im Türrahmen. Er warf einen kurzen Blick auf den kleinen Po der Eierverkäuferin und lächelte.

Durch dieses kleine Lächeln erwachte das Völkchen von Dorftrotteln wieder zum Leben.

Verglichen mit Pierrot ist Gott Katzenpisse.

Wenn ihr meine bescheidene Meinung hören wollt.

Er setzte sich auf die oberste der drei Stufen, die zu seiner Tür führten.

Und fing an zu sprechen.

Natürlich wäre ich nicht im Stande, seine Rede wortwörtlich zu wiederholen. Pierrot benutzte Wörter, die sonst niemand benutzt.

Wir waren nicht mal sicher, ob es im Wörterbuch stand, dieses seltsam seltsame Vokabular.

Trotzdem haben wir alles verstanden. Besser, als wenn es richtige Wörter gewesen wären.

Ich schwör's euch.

Beim Kopf meiner Mutter.

Beim Kopf dieses alten Miststücks, wenn sie nicht inzwischen krepiert ist.

Er sagte, dass unser Glück andere neidisch mache, dass man Leuten wie uns, die eine Menge Freude hätten am Leben, an der wunderbaren Leichtigkeit um uns herum, immer und überall, dass man uns unser Glück nicht glaube. Das mit uns.

Das mit unserem Dorf.

Pierrots Stimme floss in unsere Ohren, eine Quelle, die vor unendlichen Zeiten versiegt war, um heute wie durch ein Wunder wieder zu sprudeln. Es war, als wäre Pierrot seit tausend Jahren verschwunden gewesen und nun zurückgekehrt, um uns zu retten.

Zum zweiten Mal.

Er sagte mit seinen seltsamen Worten, gestern sei eine Frau gekommen und habe ihn gefragt, ob sie sich in unserem Dorf niederlassen dürfe.

Dann schwieg Pierrot, und mir wurde klar, dass selbst sein Schweigen etwas war, das niemand nachahmen konnte.

Normalerweise musste man Pierrot nicht zum Sprechen drängen. Seine Gedanken waren wie schwatzhafte Schülerinnen, die sich bei der Hand hielten.

Heute Morgen jedoch war es anders. Man

musste Pierrots Schülerinnen an ihren karierten Röcken ziehen. Seine Gedanken schienen Lust zu haben, aus der Reihe zu tanzen.

Ich fragte ihn: »Ja und? So was hat es doch schon immer gegeben, oder? Ein Idiot taucht auf, und man bringt ihn zu dir. Du erklärst ihm, wie das hier so funktioniert, du suchst ihm einen Ort, wo er schlafen kann, du besorgst ihm einen Job, und das war's. Wo ist das Problem?«

Pierrot starrte mich an, als wäre ich das Problem.

Aber dann sagte er: »Das Problem ist, dass die Frau nicht ist wie wir. Sie ist kein Idiot.«

»Eine Simulantin«, sagte er.

»Eine Simulantin«, wiederholte er mit dieser dickflüssigen Stimme aus uralten Zeiten, und sein Blick, der sich in den tiefsten Tiefen meiner Augen versenkte, konnte alles bedeuten.

Entlarven: Wenn dein kleines Karussell plötzlich aufhört sich zu drehen und die Kinder, die du darauf herumgewirbelt hast, erwachsen sind und sehen, dass die Farbe abgeblättert und der Schwanz des Pferdes für Achtjährige aus Plastik ist.

Beistand: Wenn du mit deinen Problemen nicht mehr alleine fertigwirst und du dich, weil Gott nur eine Figur an riesigen Gebäuden aus Quadersteinen ist, an einen Typen wendest, der nicht viel cleverer ist als der Bärtige, der an der Wand hängt wie ein Schmetterling hinter Glas.

Mams Wörterbuch war unser Neues Testament. Unsere Familienbibel.

»Eine Simulantin?«, fragte die kleine Eierverkäuferin mit ihren halbgeschlossenen Katzenaugen, denselben, die mir kurz zuvor meinen geraubten Kuss verziehen hatten.

Exakt dieselben wassergrünen Kugeln, die durch die feine schwarze Linie ihrer kaum gebogenen Wimpern in zwei Teile geteilt wurden, dieselben Augen, die ich, plötzlich erinnerte ich mich daran, schon oft gesehen hatte.

Mir wurde klar, dass das überhaupt nichts bedeutete.

Es war nur der Tick einer kleinen, hirnlosen Eierverkäuferin.

Eine andere hätte sich am Ohr gekratzt.

Wäre sich langsam mit dem Finger über die Unterlippe gefahren.

Sie hatte mir meinen Kuss nicht verziehen.

Wahrscheinlich wusste sie überhaupt nicht, was Verzeihen ist.

Sie hatte ihre Augen halb geschlossen, ohne zu wissen, dass man das ganze Universum hineinlegen konnte.

Ich jedenfalls hatte eine Bedeutung hineingelegt.

Ein Idiot tut so was nicht.

Pierrot sagte: »Eine Simulantin ist eine Frau, die vorgibt, etwas zu sein, was sie nicht ist. Maskulinum: Simulant.«

Pierrots Wörterbuch hätte es mit Mams nicht aufnehmen können, seine Einfachheit wäre sofort von den verrückten Definitionen ihres fünfzigbändigen Werkes plattgemacht worden; aber seine Erklärungen hatten den Vorteil, niemanden in eine tiefe Depression zu stürzen, bei der man keinen Zeh mehr aus dem Bett streckt.

Doch es sah nicht so aus, als würden sich die Zuhörer damit zufriedengeben. Es herrschte unverständnisschweres Schweigen.

Ein Idiot lebt von Wiederholungen. Ungesagtes bringt ihn um. Und das Problem, dass jemand versuchte, sich in unsere Gemeinschaft einzuschleichen, ohne die entsprechenden Eigenschaften zu besitzen, dieses Problem war völlig neu für uns. Neu und deshalb unbegreiflich.

Zu meiner großen Verzweiflung kapierte ich sofort, worauf Pierrot hinauswollte.

Da war ich wohl der Einzige.

Pierrots Augen waren fest auf einen Punkt hinter uns gerichtet, starrten auf ihn wie auf eine Katastrophe, die angerast kommt, eine Lawine, die eine Piste unter sich begräbt, einen Tsunami, der langsam auf den Strand zurollt.

Pierrots Augen waren wie ein Zeigefinger auf den Horizont gerichtet.

Und ein Idiot schaut auf den Zeigefinger, immer.

Jean, Georges, Bertrand, die kleine Eierverkäuferin und die anderen betrachteten Pierrots Gesicht wie einen Vogel, der im Eis festgefroren ist, und nachdem die Erklärung des großen Mannes ihr Nest in diesen Spatzenhirnen gebaut hatte, machte sie es sich darin bequem und übertrug Pierrot die Rolle des Weisen.

Pierrots Augen waren auf zwei rasierklingenschmale Schlitze reduziert, aber es tat sich nichts, niemand drehte sich um.

Niemand.

Nicht mal ich.

Die Neugier stach mir in den Nacken, verbrannte meine Halsmuskeln. Ich musste an Krankenschwestern denken, die vier Stunden lang den Zeigefinger auf die geplatzte Halsschlagader eines Unbekannten pressen.

Ich weigerte mich, mich umzudrehen.

Ein Idiot schaut auf den Zeigefinger, immer.

Die Zeit verstrich wie Rasierseife, erstickte alles unter ihrer einlullenden Süße und warf den kommenden Ereignissen Knüppel zwischen die Beine.

Und dann sagt Pierrot, wir sollen uns umdrehen.

Und dann drehen wir uns um.

Und dann sehen wir zwei Personen, die Seite

an Seite näher kommen auf der Landstraße, die zum Dorf führt. Die zu uns führt.

Die in tausend kleine weiße Rasierseifenblasen zersplitterte Zeit hielt die Geschichte des Dorfes davon ab, ihren Lauf zu nehmen.

Aufschub: Zeitspanne, in der sich die Probleme über deinem Kopf zusammenbrauen. Wenn sie vorbei ist, muss man darauf gefasst sein, den Arsch vollzukriegen. Mam konnte einen Blumenstrauß in einen stinkenden Scheißhaufen verwandeln, wenn sie wollte.

Pierrot blies in den Rasierschaum, der uns heimtückisch zu ertränken drohte, und sagte: »Sie sind zu zweit.«

Gebt mir etwas, damit ich die Fähigkeit, die mich mit jedem Augenblick weiter von meiner Adoptivfamilie entfernt, auf null reduzieren kann. Die Fähigkeit, Schlussfolgerungen zu ziehen.

Gebt mir etwas in die Hand, mit dem ich die Reste von Intelligenz, die immer wieder zutage treten und beweisen, dass ich nicht der Idiot bin, für den ich mich gehalten habe, unbrauchbar machen kann.

Zu zweit.

Niemand reagiert.

Ich verschweige, dass zwei eine Zahl ist, die mit einer Ankunft in unserem Dorf unvereinbar ist.

Ein Idiot kommt alleine, immer.

Manchmal hängt ein rosa oder blaues Köfferchen an seinem Arm. Ein Puppenköfferchen, das der Schwachkopf seiner Nichte oder dem Nachbarstöchterchen geklaut hat und eines Tages der kleinen Besitzerin zurückgeben wird, ganz bestimmt.

Zu zweit.

Das ist so, als würde man sagen, es sei möglich, im Umkreis von wenigen Quadratkilometern zwei Genies anzutreffen.

Zwei Eheringe am Finger einer Frischvermählten.

Zwei Diktatoren an der Spitze eines einzigen Staates.

Zwei Idioten Seite an Seite auf dieser Landstraße, das war ein Ding der Unmöglichkeit.

Anti-Lektion 17

»Mam, warum ist die Erde rund?«

»Frag den französischen Fußballverband. Die Typen wissen Bescheid.«

»Mam, warum weint man, wenn man traurig ist?«

»Man weint nicht, weil man traurig ist. Man weint, weil man schwach ist.«

»Mam, warum tun Katzen immer schlafen?«

»Wir haben nur ein Leben und langweilen uns zu Tode. Jetzt stell dir mal sieben Leben vor! Katzen haben das beste Mittel gefunden, die Zeit totzuschlagen, wenn du mich fragst.«

»Mam, warum glaubst du nicht an Gott?«

»Weil ich ziemlich sicher davon ausgehe, dass mein Tod einen Schlusspunkt unter den ganzen Scheiß setzen wird. Das Paradies ist nur eine andere Art Hölle. Der Gestank von Scheiße lässt sich nicht mit einem Kirschbaum überdecken.«

»Mam, warum tun die Vögel fliegen?«

»Wenn sie hoch in den Himmel hinaufsteigen, vergessen sie, dass sie auf der Ferienautobahn von einem Volvo-Kombi plattgefahren werden.«

»Mam, was ist das, eine Ferienautobahn?«

»Die größte nationale Ansammlung von Hornochsen.«

»Mam, wie werden Kinder gemacht?«

»Glaub mir, das willst du nicht wissen.«

»Mam, bin ich wirklich ein Idiot?«

»Würdest du mir alle diese idiotischen Fragen stellen, wenn du keiner wärst?«

»Mam, warum hab ich das Gefühl, dass du mir nie die Wahrheit sagst?«

»Die Wahrheit, mein Junge, die gibt es nicht. Wenn du glaubst, du sagst die Wahrheit, dann lügst du, ohne es zu merken.«

»Mam, warum nimmst du mich nie in den Arm?«

»Weil du so aussiehst wie dein Vater.«

Anti-Lektion 18

Ein Mann und eine Frau.

Wir gehen ihnen entgegen.

Unterwegs erklärt uns Pierrot, warum es unmöglich ist, dass zwei Idioten zusammen ankommen.

Ich würde gerne vergessen, dass ich das alles schon weiß.

Zwei Diktatoren. Zwei Eheringe. Zwei Genies.

Pierrot gebraucht Wörter, die es nicht gibt, und endlich kapieren auch die Idioten, einer nach dem andern. Wie eine unvermeidbare Ansteckung durch eine leichte Brise.

Unser kleines Grüppchen bleibt vor dem ersten Haus des Dorfes stehen.

Vor dem letzten, wenn man beschließt, die Welt auf den Kopf zu stellen und sie vom anderen Ende aus zu betrachten.

Der Mann und die Frau stehen vor uns, schweigend, ängstlich, wie Hasen, die der plötzliche Anblick eines Unbekannten im hohen Gras erstarren lässt.

Hätte nicht eine leichte Brise die Zweige eines Apfelbaums am Straßenrand bewegt, hätte man es für eine Fotografie halten können.

Für ein zweites Pompeji.

Doch Pierrot versteht es, in die Asche zu pusten. Mit einer kurzen Kinnbewegung fordert er die Fremden auf, ihm zu folgen. Und so endet dieses Ende der Welt, das nicht länger gedauert haben wird als ein schüchternes Taxieren. Wir machen uns auf den Weg zurück.

Jeder verrenkt sich den Hals, um die Gesichter der beiden Idioten zu betrachten, von denen zumindest einer keiner ist.

Eine Chance für mich, denn ich könnte mein kleines Völkchen nicht imitieren, wenn es darauf schauen würde, wohin es tritt.

Eine Frau.

Sie muss etwa in meinem Alter sein, ein oder zwei Jahre jünger oder älter. Fettige Haarsträhnen fallen ihr in die Augen wie ein Fransenpony, den völlige Niedergeschlagenheit in Brachland verwandelt, dem Vergessen überlassen hat. Dahinter Augen, die so dunkel sind, dass man die Pupillen nicht unterscheiden kann, und das Weiße drumherum leuchtet wie phosphoreszierende Plastiksterne am Himmelszelt eines Kinderzimmers.

Ich muss an das *Dorf der Verdammten* denken, einen Schwarzweißfilm, den Mam und ich eines Abends im Fernsehen gesehen haben. Und daran, dass sie zu mir gesagt hat, ich würde von der ganzen Geschichte sowieso nichts kapieren.

Um Mam eine Freude zu machen und weil ich es nicht besser konnte, habe ich dann auch überhaupt nichts kapiert.

Immerhin erinnere ich mich daran, dass die Augen jener von außerirdischem Leben gezeugten Kinder schwarz wie der Tod waren und plötzlich zu leuchten begannen, wenn sie vorhatten, einen Erwachsenen zu beherrschen, zu manipulieren, eine Marionette aus ihm zu machen, die ihnen den Hintern abwischen oder den Hund des Nachbarn vergiften sollte.

An jene Kinder erinnert mich die Frau. Ich stelle mir vor, dass sie ihre Lider hebt und zwei flammende kleine Leuchtkugeln zum Vorschein kommen, die mir befehlen, vollständig bekleidet in den verseuchten Teich zu springen, dem sich keiner zu nähern wagt wegen des Ekel erregenden Gestanks, der die ganze Umgebung verpestet, und auch wegen der unnatürlich grünen Farbe; die mich hypnotisieren und dazu zwingen, mitten in der Nacht in die eiskalte Brühe zu springen. Und ich kann nichts dagegen tun, ich versinke in dem Teich, das Ufer in Schwimmreichweite und das Herz in der Hose.

Eine gerade, kleine Nase sticht spitz aus dem schmalen, hohlwangigen Gesicht hervor. Ein paar Sommersprossen besprenkeln eine Haut, so durchscheinend wie die eines Kranken, der nur einmal pro Woche von einer kräftigen Krankenschwester durch einen nach den Bedürfnissen moderner Medizin angelegten Garten Eden geführt wird.

Ihre Kleidung ist dreckig und fleckig von verschiedenen Substanzen und viel zu weit für ihre zarten Schultern, und die Vermutung liegt nahe, dass sie ausgeliehen oder, noch wahrscheinlicher, geklaut ist.

Merkwürdige Bergstiefel vervollständigen die dürre Erscheinung: gewaltige Sockel für eine wie nach saurem Regen eingelaufene Statue.

Gerne hätte ich euch durch einen Vergleich mit einer Figur aus der griechischen oder römischen Mythologie verblüfft, aber Mam hat mich nie etwas anderes als Kinderbücher lesen lassen.

Dass ich kein Kind mehr war, hat nichts daran geändert.

Kultur war für sie nichts als sinnlose, nicht zu tolerierende Zeitverschwendung.

Kultur: nichts anderes als Violinkonzerte, die dir ins Ohr gehen und dort bleiben, ohne zu etwas nütze zu sein, bis du abkratzt; nichts als Figuren aus Bronze Gips Blei, die durchs Auge in dich eindringen und nichts weiter sind als Er-

innerungen aus Bronze, Gips oder Blei auf einer Ablage deines Hirns.

Eins kann ich mit Sicherheit sagen: Das schöne, ausgemergelte Gesicht der Frau ist eins von denen, die man so selten sieht, dass bei seiner Fabrikation unmöglich dieselbe Technik verwendet worden sein kann wie bei unseren. Oder wie bei euren. Fragt euren Spiegel, falls ihr daran zweifelt.

Medizin für die Nullen 6

Tom Cruise – oder wer immer er ist – endete auf dem Bauch, mit einer Kugel im Rücken.

Mein Wärter, der Nasenbrecher, dieser Versager, der die meiste Zeit auf seinem Stuhl verpennte, den Schlaf der Gerechten schlief – man musste sich an einem 14. Juli nur die Menge anschauen, die zu meinem Krankenlager pilgerte, nur um mich zu sehen –, mein Wärter, dieser Vollidiot, hatte meinen Mörder trotz allem fachgerecht abgeknallt.

Ich lag da und hörte Tom zu, versuchte, das wirre Zeug voller Hass und Vorwürfe gegen meine Person zu verstehen, ich gab mir wirklich Mühe, ehrlich, denn ich sagte mir, vielleicht ist ja was dran an seiner Verachtung, bestimmt hatte ich was Schlimmes getan, ohne es zu wissen, hatte irgendwem, anderen als meinen Freunden im Dorf, Unrecht getan, ja, das war immerhin möglich, weil alles möglich ist.

Aber dann begann ich mich furchtbar zu langweilen. Er wollte gar nicht mehr aufhören mit seinem dummen Gequatsche, Scientology hier, erste zweite dritte Energie dort, seine Aufzählerei schien kein Ende zu nehmen. Ich hätte gerne über ernsthaftere Dinge mit ihm geredet. Steck es ein, dein Schlachtermesser, und bewahr dir deine Energie für andere auf, du verplemperst deine Zeit mit mir, dein Geschwafel geht mir tausend Lichtjahre am Arsch vorbei.

Plötzlich bin ich mir gar nicht mehr so sicher, ob er mich wirklich abmurksen wollte, der Kerl. Vielleicht wollte er mir einfach nur Angst einjagen, er konnte ja nicht wissen, dass jemand, der das erlebt hat, was ich erlebt habe, vor nichts mehr Angst hat. Denn wenn er wirklich meinen Tod wollte, hätte er dann so lange gezögert und sich abknallen lassen? Hätte er das Ganze nicht rasch erledigt und dadurch die Möglichkeit eines Scheiterns auf ein Minimum reduziert, so wie jeder Mörder, der etwas auf sich hält?

Jetzt liegt er auf dem Boden, in seiner Blutlache, und das Einzige, was mir in den Sinn kommt, ist: Noch einer durch meine Schuld.

Meine große, schreckliche Schuld.

Direkt danach wurde mein Wärter entlassen, und das war nur konsequent. Einen Menschen in den Rücken zu schießen ist wahrlich nicht sehr professionell.

Selbst wenn dieser mit einem Schlachtermesser bewaffnet ist.

Ich für meinen Teil bedanke mich bei meinem Wärter, denn ich fände es ziemlich bescheuert, mit dem Schießen zu warten, bis der Angreifer ausdrücklich versichert, dass er gekommen ist, um dem Typen, dem er das Messer an die Kehle hält, die Halsschlagader durchzuschneiden.

Ein anderer Wärter hat ihn abgelöst, und auch der sieht nicht so aus, als hätte er was gegen ein kleines Nickerchen von Zeit zu Zeit einzuwenden, zumal ich doch das Recht habe, meine täglichen Besuche zu empfangen: ekstatische Jugendliche; Erwachsene, die sich in schwarzes Polyacryl zwängen, um nicht aufzufallen, diese Blödmänner; Journalisten, die mir ihr hypermodernes Mikrophon vor die Nase halten, bevor sie alle, ohne Ausnahme, schneller die Flucht ergreifen, als der Papst vorm Straßenstrich Reißaus nimmt.

Mein Kopf. Immer noch und immer wieder. Mein Totenkopf auf meinem leblosen, aber noch lebenden Körper.

Jetzt komme ich gleich zu dir, Elisa! Es muss sein. Ich habe Angst, dass sie dich woandershin bringen, dorthin, wo du Ruhe finden wirst.

Dorthin, wo du dich ausruhen darfst.

Anti-Lektion 19

Pierrots Haus ist ein einziges Tohuwabohu.

Tohuwabohu: Du möchtest »Schweinestall« sagen, aber weil du dich für intelligenter hältst als die Typen, die »Schweinestall« sagen, sagst du »Tohuwabohu«. Das macht dich aber letztlich nicht intelligenter. Es lässt dich sogar noch ein wenig dümmer dastehen.

Pierrots Haus ist ein verdammter Schweinestall, Mam.

Ein Schlag ins Gesicht jedes häuslichen Ordnungsprinzips.

So viele lose Blätter, aufgeschlagene Bücher, brennende Lampen auf so vielen wackligen Tischen, so viele Stühle mit drei Beinen und schiefe Regalbretter, dass man nicht weiß, wohin mit seiner kleinen Person, die uns plötzlich vorkommt wie ein Ozeandampfer, ein Hochhaus, ein monströses Monster. Doch dann fügt sich jeder ein, so gut er kann.

Wie durch ein Wunder schmeißt keiner von uns irgendetwas um, außer der kleinen Eierverkäuferin (ich frage mich plötzlich, warum ich ihren Namen noch immer nicht kenne), sie lehnt ihren süßen kleinen Wackelpo an die lose Tischplatte eines winzigen runden Tischchens. Eine Streichholzschachtel fällt zu Boden.

Selbst wenn Pierrot es gewollt hätte, die beiden Anwärter auf den Idiotenstatus hätten nicht in die Höhle des Mannes mit Haaren wie ein missratenes Kunstwerk gepasst.

Jetzt sind wir also alle drin, wie Kitt in den mikroskopisch kleinen Hohlräumen von Möbeln, und warten, ohne genau zu wissen, worauf.

Pierrot beginnt uns gewaltig auf den Geist zu gehen mit seiner neuen Manie, uns den ganzen Tag über unter Spannung zu halten, Minute für Minute. Als wäre die Situation nicht schon angespannt genug.

Auch wenn sein Schweigen unnachahmbar ist, es verhindert nicht, dass unsere Nerven zum Zerreißen gespannt sind.

In diesem Augenblick verpasst ihm Jean, der direkt neben ihm steht, eine seiner Ohrfeigen, die einen Büffel umhauen können.

Das wirkt sofort. Gewalt hat auch ihr Gutes.

Mam, dieser alte Drachen, würde nicht das Gegenteil behaupten.

Pierrot reibt sich die Wange. Er schwankt,

eingeklemmt zwischen einem Resopaltischchen und einem riesigen Zeitungsstapel, von dem wir befürchten, dass er jeden Moment umkippt. Pierrot sieht Jean an, und ohne sich den Koloss vorzunehmen, erklärt er uns das Auswahlverfahren, das er sich ausgedacht hat.

»Wir müssen einfach nur«, sagt er, »alle Fremden, die am Dorfeingang auftauchen, einem Test unterziehen.«

»Oder am Dorfausgang, wenn wir beschließen, die Welt umzudrehen wie einen Crêpe.« Das sage ich.

Doch ich begreife sofort, dass der Moment für derartige Überlegungen schlecht gewählt ist, weil sich nämlich kein Schwein für das interessiert, was ich erzähle.

»Einem Test?«, fragt Georges.

»Einem Test«, antwortet Pierrot. »Einem IQ-Test, aber umgekehrt, also einem QI-Test.«

Selbstverständlich ist das etwas zu scharfsinnig für die hier versammelten Hohlköpfe.

Außer für meinen. Ich fange an, leise zu fluchen, und damit die Worte da bleiben, wo sie sind, presse ich die Lippen fest zusammen.

Pierrot erklärt, langsam, mit seinen Worten, die sich zuerst durch Körpersprache mitteilen, bevor sie aneinandergereihte Laute werden, Pierrot erklärt, die einzige Möglichkeit, um zu verhindern, dass sich Leute in unserem Dorf einnisten, die nicht so sind wie wir, sei es, zu überprüfen, ob sie so sind wie wir.

Diese Logik dient nicht dazu, die Dorftrottel zu beruhigen.

»Wir testen sie«, wiederholt Pierrot. »Wir stellen ihnen Fragen und hören uns ihre Antworten an. Und dabei beobachten wir ihr Verhalten und entscheiden dann, ob es tatsächlich dem eines Idioten entspricht.«

Er fordert uns auf zu verschwinden. Mit den beiden Fremden ins Café zu gehen, ohne das Wort an sie zu richten.

Wir tun genau das, was Pierrot uns sagt.

Das tun wir immer. Und dass seine Wege unerforschlich für uns sind, ändert nichts daran.

Anti-Lektion 20

»Mam«, nicht »Mama«.

Sie bestand darauf, dass wir sie in zwei Teile zersägten. Es sei doch idiotisch, sagte sie, Speichel zu vergeuden, den man doch wunderbar aufbewahren könne, um ihn den Dreckschweinen dieser Welt in die Fresse zu spucken.

Die Idee, den letzten Vokal von »Papa« zu amputieren, kam uns ganz spontan. Eine Frage der Symmetrie, die für einen Moment unsere schwache Hoffnung nährte, eines Tages könnte so etwas wie ein Gleichgewicht zwischen unseren Elternteilen entstehen. Aber Pap gehörte zu jenen menschlichen Wracks, die auf Teufel komm raus, koste es, was es wolle, mit dem Alkohol verheiratet sind. Bis der Tod sie scheidet. Bis sie durch Feuer oder durch Erde zu Asche oder zu Staub werden.

In unserem Haus gab es einen Hund, einen alten Köter, der uns eines Tages zugelaufen war und den mit einem Fußtritt vor die Tür zu setzen keiner die Kraft hatte. Nicht mal Mam.

Er hatte überhaupt keinen Namen, der Hund. Ich hätte ihn gern Fred oder Steve gerufen, aber Mam mit ihrem Lästermaul konnte einem die Lust an allem nehmen. Also hörten wir einfach auf, ihn zu rufen. Er streunte im Haus umher wie ein Kinostar am Karriereende, mit einem alten, mottenzerfressenen Pelz über den Schultern und dem Gesichtsausdruck derer, die Dinge erlebt haben, die ihr euch beim besten Willen nicht vorstellen könnt.

Ich kann wirklich nicht sagen, dass ich ihn mochte, diesen Köter. Ich glaube, er war glücklicher als ich, sich selbst überlassen, nur damit beschäftigt zu überleben. Ich beneidete ihn, und das machte mich traurig, deprimierte mich aber nicht, denn auch wenn er glücklicher war als ich, so war er dennoch unglücklich.

Wuff!

Die Frau fragt Bertrand, wohin wir gehen. Aber weil es uns verboten ist, mit den Fremden zu sprechen, und weil der bloße Gedanke daran, Pierrot nicht zu gehorchen, niemandem in den Sinn kommt, fällt Bertrands Hirn, das am Tag vor dem schönsten Tag seines Lebens (dem schlimmsten Tag seines Lebens, wenn man die Dinge so nimmt, wie sie waren, und nicht, wie sie hätten sein sollen) verglüht war, als er hunderttausend Volt durch seinen Körper gejagt hatte, fällt Bertrands gebratener Hirnmasse keine andere Antwort ein als: »Wuff!«

Ja, er bellt. Darauf die Frau: »Ganz ruhig, ganz ruhig.« Und von da an macht sie den Mund nicht mehr auf.

Über ihre Stimme werde ich nichts sagen.

Es gibt nichts darüber zu sagen.

Eine Stimme wie irgendeine andere andere andere.

Ich hätte enttäuscht sein können, weil sie bei solchen Augen keine Stimme hatte, die einem die Nerven strubblig macht.

Doch es bekümmerte mich nicht im Geringsten.

Man könnte meinen, ich interessierte mich mehr für das, was in ihren Mund hineinging, als für das, was aus ihm herauskam.

Die beiden folgen uns ins Café. Unser Empfang ist das, was man als wenig herzlich bezeichnen könnte. Bei einer solchen Begrüßung wäre so mancher Idiot gleich wieder abgehauen.

Sie aber versuchen uns zu imitieren, setzen sich auf die halbe Arschbacke an einen runden Tisch, wortlos, wie brave Schüler. Unglaubliche Schleimscheißer. Oder total schwachsinnig. Ich schwanke noch.

In den letzten Jahren habe ich jede Menge

merkwürdiger Situationen erlebt, aber diese Gemeinschaft war zweifellos die ergiebigste Quelle.

Ich habe gesehen, wie ein Mann den ganzen Tag über seinen eigenen Schatten beobachtete, der langsam, in Zeitlupe, um ihn herumkreiste.

Ein ganz neuer Typ Sonnenuhr, dachte ich.

Ich habe gesehen, wie eine Frau ihre Füße mit Sahne vollspritzte und dann versuchte, sie mit der eigenen Zunge davon zu befreien.

Ein ganz neuer Typ Dessert, dachte ich.

Wenn ihr jetzt sagt, ich hätte mir das Ganze nur ausgedacht, dann glaube ich das sofort.

Was nun geschieht, erinnert an ein Improvisationstheater. Jeder ist mit sich selbst beschäftigt, alle warten fieberhaft auf Pierrots Anweisungen. Im Kino nennt man so was *suspense*. Die Ruhe vor dem Sturm, Szene sechzehn, die neunte. Ein zweidimensionaler Moment, nach dem das Drama seinen Lauf nimmt: ein geiler Kerl, der die Laken ausbeult; das Erschauern im dichten Wald; gefährliche Strudel im nachtschwarzen See.

In den Augen meiner unterbelichteten Freunde ist nichts von all dem zu sehen.

In denen der Fremden nur das, was ich darin sehen will.

Dieselben Gedanken wie meine, denn ich besitze die Gabe, mir alles vorstellen zu können.

Die Wirklichkeit ist nichts als eine unendlich formbare Knetmasse.

Derselbe Wunsch wie meiner. Schmerzhaft und schneidend. Meine Interpretation dessen, was ist. Mein Pimmel in Habachtstellung, wenn ich es möchte.

Keiner rührt sich. Keiner sagt was. Ein Stummfilm kann verdammt langweilig sein, wenn sich niemand bewegt.

Anti-Lektion 21

Ich wurde damit beauftragt, den Test an der Frau vorzunehmen. Oder die Frau dem Test zu unterziehen, wenn man diese bescheuerte Brille immer und immer wieder umdreht, bis man nicht mehr weiß, wo vorne und hinten ist.

Ich muss dazu sagen, dass das kein Zufall war. Ich und der Test und das Mädchen. Es war das Ergebnis meiner Beharrlichkeit. Pierrot kümmerte sich um den anderen. Den Typen.

Pierrot war bald zu uns ins Café gekommen und hatte den Sack der unerträglichen Erstarrung, in dem wir uns verkrochen hatten, aufplatzen lassen. Dann hatte er den beiden Fremden erklärt, wie das Ganze vor sich gehen sollte.

Ich kann nicht behaupten, dass ich das Aufblitzen von Panik in ihren Augen nicht gesehen hätte. Ganz kurz nur, wie der Ruck der Filmrolle in dem Moment, wenn der ins Stocken geratene Projektor sich wieder in Gang setzt.

Auch das Gegenteil kann ich nicht behaupten.

Eigentlich wollte Pierrot den Test an beiden vornehmen, erst an dem einen, dann an der anderen.

Ich fuhr vor ihm ein ganzes Arsenal an Argumenten für meine Beteiligung auf.

Sie wogen schwerer als seine Vorbehalte.

Wir gingen hinaus, und er setzte mich ins Bild.

In seiner ihm eigenen Sprache, die zusammen mit ihm gestorben ist gestorben gestorben.

Mit seinen Worten, an die ich mich nicht mehr erinnere, weil sie einer Epoche angehörten, die es nie gegeben hat, einem Land angehörten, in dem die Dinge nie das sind, was sie scheinen, und weil das Trauma meines Körpers, der sich in der rabenschwarzen Nacht in eine lebende Fackel verwandelt hat, der Erinnerung nicht gerade zuträglich ist.

»Hier«, sagte er nicht, aber genau das sollte es heißen, »hier«, sagte er und legte seinen dicken Finger auf ein vollgekritzeltes Blatt Papier, »siehst du, das da, das sind die Fragen, die du stellen wirst.«

»Der Frau?«

»Ja, der Frau, wenn du willst. Wenn du lieber die Frau haben willst.«

»Ja, ich will lieber die Frau haben. O ja, die will ich haben.«

Unmöglich zu sagen, ob er meine letzten Worte gehört hatte. So sehr wünschte ich mir, sie einfach verschwinden zu lassen wie Zigarettenasche von einem Hosenbein.

Unmöglich auch, das Gegenteil zu sagen.

Also wartete ich und hüllte mich in Schweigen.

Schweigen: gibt es nicht wirklich. Niemand schweigt. Manchmal ist es nur so, dass die Worte unsichtbar sind. Hin und wieder traf Mam mit ihrem Wörterbuch ins Schwarze. Mein Schweigen war nämlich tatsächlich erfüllt von Geheul und allen möglichen Gebeten, gerichtet an den, der sie hören wollte und im Stande war, das Geräusch, das der Staub macht, zu deuten.

»Das da, das sind die Fragen, die du stellen wirst«, wiederholte Pierrot. »Schreib dir die Antworten auf. Und achte auf ihre Bewegungen, ihre Mimik, ob sie mit ihren Händen spielt, ob sie die Beine kreuzt, alles. Und auf ihr Schweigen. Totales Schweigen gibt es nicht, es ist voll von Dingen, die es uns sagen will, und du wirst dir diese Dinge notieren.«

Zum ersten Mal stimmten die Wörterbücher von Mam und Pierrot nahezu überein. Als wäre das eine die etwas verunglückte Übersetzung des anderen.

Ihre Annäherung machte die Übereinstimmung der Definitionen nicht weniger schmerzlich für mich.

»Ich weiß, dass du ein gutes Gedächtnis besitzt, du wirst also keine Probleme damit haben.«

Er sah mich einen Moment lang zögernd an.

»Nein, das müsste klappen. Du bist nicht so dumm, wie du aussiehst.«

Nicht so dumm, wie ich aussehe: meine Tragödie aus dem Munde meines Retters. Mein Drama auf seiner Zunge. Und der Wunsch, es zu leugnen.

Ein verrücktes Verlangen nach der Unbekannten krampfte mir den Unterleib zusammen und machte es mir unmöglich zu lügen. Aber wenn ich beteuerte, dumm zu sein, bestand die Gefahr, dass meine Fähigkeit, sie zu beurteilen, in Frage gestellt würde.

Man ließ uns, die Fremde und mich, alleine in dem Café. Pierrot ging mit dem Mann zu sich nach Hause, um ihn zu befragen. Ich stellte mir das Gesicht des Typen vor, wenn er das unsägliche Durcheinander sehen würde. Das an sich war schon Test genug. Ein solches Chaos ist ein geradezu niederschmetternder Anblick, wenn man weiß, dass es sich dabei um das traute Heim von jemandem handelt.

Von jemandem, der lebt, meine ich.

Anti-Lektion 22

»Ich fühle mich ein wenig so, als wäre ich tot.«

Das ist das Erste, was sie zu mir sagt. Das Allererste. Bevor ich ihr auch nur eine einzige Frage stellen kann.

Ich sitze dieser Frau gegenüber und habe große Lust, ihr meinen Pimmel in den Arsch zu stecken.

Ich bin in sie verliebt, auch das.

Aber ich bin nicht das, was man einen Romantiker nennt.

»Ich glaube nicht, dass du tot bist.«

»Nein, entschuldige, ich hab das nur so gesagt.«

Was sie betrifft, ist dieser Test eine Farce. Dass sie ganz und gar nicht blöd ist, merke ich an ihren ersten Worten. Und an der kleine Falte, die sich zwischen ihren Augenbrauen bildet. Aus Angst und Sorge.

Trotzdem weiß ich jetzt schon, dass ich sie für

geeignet erklären werde, in unser Dorf aufgenommen zu werden.

Ihr kennt solche Begegnungen: diese innere Hemmung, die euch zum Verstummen bringt, eine Art Selbstverstümmelung bei dem bloßen Gedanken an eine Berührung, so schmerzhaft, ungeduldig, ätzend, dass ihr bereit seid zu behaupten, diese Frau sei die unerträglichste blöde Ziege, die ihr jemals kennengelernt habt, nur um sie in eurer Nähe zu haben.

»Wie heißt du?«

»Elisa.«

»Dein Name!«

»Elisa.«

Es handelt sich hier ohne den geringsten Zweifel um einen typischen Fall von vorgetäuschter Dummheit. Jeder richtige Idiot hat seinen Familiennamen ins Gehirn gehämmert bekommen, denn die Vertreter aller möglichen mehr oder weniger medizinischen, mehr oder weniger juristischen Berufe haben ihn das Dutzende von Malen wiederholen lassen, Name-Vorname-Adresse, genauso wie seine Eltern, die sich alle Mühe geben, ihren kleinen Blödmann auf das reale Leben vorzubereiten, damit er zumindest in der Lage ist, seine Personalien anzugeben, wenn er in Schwierigkeiten ist und sie gerade nicht in der Nähe sind.

Oft sagt er es in einem Rutsch hintereinander,

und der Bulle, der Arzt, derjenige, der sich um ihn kümmert, muss die einzelnen Informationen nur noch voneinander trennen.

Etwa so: RolandGermain-Ruedesacacias22-LafertéSaintbenoit.

Oder auch: SylvieJoncourt-Granderue148-Villembray.

Ich präzisiere:

»Dein Familienname! Das ist wichtig.«

Aber sie schweigt. Ihre Augen schleudern mir ihren stummen Argwohn ins Gesicht.

Sie dreht ihren Kopf zum Fenster und seufzt.

Ein Dutzend Gesichter drücken ihre Neugier gegen das schmutzige Glas.

»Du musst mir schon vertrauen«, sage ich zu ihr.

Ein paar Sekunden lang kauen ihre Kiefer ein imaginäres Kaugummi. Sie vermutet eine Falle. Eine Mausefalle in Form einer ausgestreckten Hand. Dabei versuche ich nur, sie zu retten.

»Danvert. Elisa Danvert.«

»Adresse?«

Ihr Körper spannt sich, sie denkt angestrengt nach, überlegt, wie die entsprechende Reaktion eines Idioten aussehen könnte.

Ich kann mich sehr gut in ihre Lage hineinversetzen.

Diesen Sport praktiziere ich seit fünfundzwanzig Jahren.

Ohne mir dessen bewusst zu sein.

Bis jetzt.

»Ich habe keine Adresse mehr. Soll ich dir meine alte geben?«

Was für ein Glück, dass Pierrot sie nicht testet.

»Rue de la Grange-aux-Belles 90, Paris.«

So ein Pech! Ein Dorftrottel, der direkt aus Paris kommt, das verstärkt den Zweifel an seiner Echtheit. Dort hat man für einen Idioten eine weniger krasse Bezeichnung und bietet ihm ein Leben in einer jener Spezialkliniken an, wo die Hauptbeschäftigung darin besteht, mit Worten zu spielen.

Mentale Schwäche.

Geistige Behinderung.

Wohlklingende Euphemismen für eine Gesellschaft, die sich gerne blind stellt.

'tschuldigung.

Sehbehindert.

In die für die Antwort vorgesehene Zeile schreibe ich: ElisaDanvert-Ruedelagrangeaux belles90-Parisdiehübsche.

He, Fehler können jedem passieren. Besonders dann, wenn man weiß, dass sie niemandem auffallen.

»Kannst du mir sagen, wieviel drei mal vier ist?«

Oh, Pierrot! Deine Fragen sind hervorragend.

Es gibt nur wenige Idioten, die die Antwort nicht wissen.

Aber es gibt nur wenige Schlauberger, die wissen, dass nur wenige Idioten die Antwort nicht wissen.

Aufgrund der winzigen Schweißperlen auf ihrer Stirn könnte man meinen, dass ich sie nach der Quadratwurzel aus einer imaginären Zahl frage.

»Zwanzig.«

Ich bemühe mich, das Blatt in meiner zitternden Hand nicht zu zerknittern, und schreibe: zwölf.

»Wie hast du von dem Dorf erfahren?«

»Von einem Mann.«

Ich schreibe: Aus dem Fernsehen.

»Wer ist die Person, die mit dir hierhergekommen ist?«

»Der Mann, der mir von dem Dorf erzählt hat.«

Ich schreibe: Ich befürchte, dass der Typ sie auf die eine oder andere Weise missbraucht hat, denn als ich ihn erwähnt habe, hat sie sich verschlossen wie eine Auster. Vergewaltigung?

»Kennst du den Mann gut?«

»Nein.«

Ich schreibe: Sie weint. Irgendetwas stimmt nicht mit dem Kerl, dafür lege ich die Hand ins Feuer.

Man kann nicht sagen, dass ich ihm gegenüber fair bin. Vielleicht ist er tatsächlich ein Idiot.

Aber um es klar und deutlich zu sagen: Das geht mich einen Scheißdreck an.

Ich denke: Hexenjagd.

Es lässt mich kalt.

Ich denke: Falschaussage.

Nichts rührt sich in mir.

Bestimmt sind viele Unschuldige am Strang geendet und haben sich dabei um ihre mechanische, für die Welt endgültig verlorene Erektion gedreht, und das wegen Typen wie mir, denen nur ihre eigene, aus einem anderen Grund hervorgerufene Erektion wichtig war.

»Warum glaubst du, dass du eine Idiotin bist?«

Auf dem Fragebogen steht »Idiot«, und ein echter Schwachkopf wäre nicht auf den Gedanken gekommen, die weibliche Endung hinzuzufügen, diesen kleinen Schnipsel, mit dem ich in dem Moment, als ich ihn ausspreche, einen anderen verbinde. Überflüssig zu sagen, welchen, denn ihr seid bestimmt genauso wenig romantisch wie ich.

Ich sage »Idiotin«, weil diese Frau die einzige Person auf der ganzen Welt ist, vor der ich nicht den Idioten spielen will.

»Was hast du früher gemacht?«

Ein Schweißtropfen perlt über ihre Schläfe,

die so weiß ist, dass man die feinen blauen Äderchen sieht, wie die sich schlängelnden Nebenflüsse auf den Landkarten in Geografiebüchern.

»Wie?«

»Was du gemacht hast. Früher.«

»Ich ... Nichts. Ich meine, ich kann nichts, also hab ich auch nichts gemacht.«

Sie lügt nicht. Nach dieser Erkenntnis, die ihr ganz plötzlich gekommen sein muss, pressen sich ihre Lippen zusammen.

Ich schreibe: Töpferei. Kugeln aus Ton, Tausende von Kugeln aus Ton. Nichts als Kugeln. Das ist jedenfalls das, was ich höre. Kugeln in verschiedenen Größen.

»Warum möchtest du Teil des Dorfes werden?«

Sie hebt den Blick zur Decke, versucht, den Nagel des Zeigefingers ihrer linken Hand abzubeißen.

»Weil ich so schön dumm bin.«

Sie sieht mich mit einem zweideutigen Lächeln an. Sehr vielsagend.

»Eine Idiotin, meine ich. Weil ich eine Idiotin bin.«

Ich schreibe: Eine Idiotin. Weil sie eine Idiotin ist.

Medizin für die Nullen 7

Heute Abend.

Es ist, wie ich euch sage. Heute Abend, oder mich soll auf der Stelle der Blitz erschlagen. Was von mir noch nicht verbrannt ist, soll ruckzuck verbrannt werden, und nichts als Asche soll zurückbleiben, alle meine schönen Organe sollen zu Staub werden, Leber Milz Harnblase, auch das Herz, das unter meinen Verbänden wie wild schlägt, wenn ich mir uns nur vorstelle, Elisa und mich, Seite an Seite auf demselben Lager, unsere Wunden, die miteinander verschmelzen in unermesslichem Schmerz, auch das Herz soll dem Gemetzel nicht entgehen, wenn ich lüge.

Heute Abend werde ich Medizin, Verletzungen und Schmerz zum Teufel schicken.

Ich mache mit der Realität, was ich will. Tsss, ich beherrsche sie, diese tollwütige Hündin, diese geile Schlampe, ich drücke ihr meinen Absatz auf den Nacken, und sie beugt sich meinem Willen. Heute Abend werde ich die Realität sein, ein toller Hecht, der auf seinen eigenen Beinen steht, selbstsicher und alles, ein Banker, der soeben ein Vermögen gemacht hat, ein Kosmonaut, der soeben vom Mond zurückgekommen ist, ein Milliardär, jawohl, genauso wie diese Gewinnertypen werde ich losmarschieren, und wie sie werde ich auf nichts und niemanden achten, nur mein eigenes glanzvolles Bild werde ich vor Augen haben, das Bild eines prachtvollen, ja, verführerischen jungen Mannes, eine verdammt gute Erscheinung, der Junge, ein cooler Typ, der Kerl. Dieses Bild werde ich in den Scheiben sehen, die die unendlich große Ehre haben, mich auf meinem Weg zu begleiten.

Anti-Lektion 23

So also trat Elisa in unser Leben.

Als wir ihr mitteilten, dass sie bei uns bleiben könne, dass aber der Mann, mit dem sie gekommen war, bereits zum Dorfeingang oder -ausgang gebracht worden sei, sagte sie nur: »Ah.«

Sie sagte »Ah«, und ich weiß, dass wir nie des Rätsels Lösung erfahren werden, dass der Typ für uns immer ein Geheimnis bleiben wird, dieser Scheißkerl, der sie vor mir kennen gelernt und vielleicht besser gekannt hat, als ich sie jemals kennen werde. Vielleicht hat er sie sogar intim gekannt, und die Kerle, die Elisa intim gekannt haben, die kann ich nicht ausstehen. Mir gehen diese Schleimscheißer gewaltig auf den Sack. Aber vielleicht hat er ihr ja auch gar nichts bedeutet. Das rede ich mir ein, bevor ich in meiner Wut noch ein Blutbad anrichte.

Bevor ich sie alle vergifte, diese verdammten Arschlöcher.

Als ich ihr die letzte Frage des Tests stellte, kam Pierrot herein.

Sie hatte noch nicht geantwortet, und aus Angst, dass sie irgendeinen Blödsinn sagen würde, setzte ich ein breites Grinsen auf, was so viel bedeutete wie: Fertig!

Auf dem Papier stand: Nein, sie kann nicht lesen. Sie kann kaum sprechen, die Ärmste.

In der darauffolgenden Nacht fand ich keinen Schlaf. Ich fing an, selbst ein Arschloch zu werden, und das machte mich wahnsinnig. Ziemlich zum Kotzen, der Typ, sagte ich mir, ein richtiger Scheißkerl, aber so ist das eben: vor zwei Minuten noch ein Idiot, jetzt schon ein richtiger Mistkerl, so ging es mir durch den Kopf, immer und immer wieder, unmöglich, an etwas anderes zu denken, es überrollte mich wie eine Welle, verschwand im offenen Schlund der Nacht, die sich in ihrem Sternenbett räkelte, und kam wieder zurück, um mir bis zum Morgen den Schlaf zu rauben.

Ich schmorte in meinen Gewissensbissen.

Dabei ging er mich gar nichts an, der Typ. Der andere. Der dreckige Bastard.

Das ganze Dorf war sich inzwischen der Bedrohung bewusst, die über uns schwebte. Die Fundamente waren erschüttert, und Unruhe wirbelte in den Straßen Staub auf. Die Idioten liefen wild durcheinander, stießen sich gegenseitig um, und ich schaute mir das schreckliche Spektakel an, schaute es mir mit zugeschnürter Kehle an, manchmal fiel ein Idiot vor mir hin, rappelte sich aber sofort wieder hoch und rannte in die entgegengesetzte Richtung davon, irgendwohin. Das war alles ganz lustig, nur deprimierte es mich fürchterlich, von der allgemeinen Panik ausgeschlossen zu sein. Ausgeschlossen, mein Lieber, das musst du dir mal vorstellen, wohin du auch gehst, nirgendwo ein Platz für dich, du Ärmster. Ich bekam Mitleid mit mir selbst, zum Trost tätschelte ich mir den Arm, so ungerecht kam mir das vor. Und dann schrien sie auch noch, die Idioten, ein einziger großer Schrei, denn sie waren eins, sie alle zusammen, ein Schrei wie ein Flehen, das mir das Herz zerriss.

Doch Pierrot war der Mann, der wusste, wie man ein Erdbeben stoppt. Er bahnte sich seinen Weg durch die verängstigte Menge, sein kleines, angstschlotterndes Volk, und hielt eine Rede. Seine Worte zog sich jeder an wie eine kugelsichere Weste.

Die Bedrohung war keine mehr, denn wir hatten nun einen Blitzableiter. Diese unüberwindliche Barrikade würde uns vor denen schützen, die mit allen Mitteln versuchten, durch irgendeine Ritze in unser Dorf einzudringen.

Vor euch, möglicherweise. Na ja, nicht vor euch direkt, aber vor Leuten wie euch. Frustrierte. Unglückliche. Oder vielleicht doch vor euch, in Fleisch und Blut, im Ernst. Verdammt, daran hatte ich nicht gedacht. Es ist mir ganz einfach nicht in den Kopf gekommen, dass ihr, die ihr das lest, zu den Schwindlern gehören könntet, die bei uns einzudringen versuchten. Also wirklich! Scheiße. Nein, ich kann mir euch in dieser Rolle nicht vorstellen. Jetzt mal ehrlich. Also ... Na gut.

Danach ging das Leben seinen gewohnten Gang, verschönt durch Elisa, die zu meinem Glück, und durch den Test, der zu dem der Gemeinschaft beitrug. Auf unseren Straßen mit den Zuckerbäckerhäuschen und den Miniaturschlösschen, deren grelle Farben das Auge des Betrachters blendeten, so scheußliche Farben, dass man den Eindruck haben konnte, ein Regenbogen hätte sich ausgekotzt, auf unseren Straßen herrschte wieder eitel Sonnenschein.

Abgesehen von meinen Schmerzensschreien, die an den südmeerblauen Zuckerwattefassaden widerhallten, wenn Jean mir ein paar Haare ausriss, um sich zu vergewissern, dass alles wieder in Ordnung und unser Glück wirklich real war.

Wir fühlten uns wieder sicher.

Was ich wollte, jetzt und vor allem und schon immer, wie mir schien, war, es mit Elisa zu treiben.

Anti-Lektion 24

Ich hatte Pierrot vorgeschlagen, Elisa als Assistentin zu nehmen. Ich war der Mann für den Müll, der festangestellte Müllmann des Dorfes, und wenn dieser Job überall sonst auf der Welt der schlimmste zu sein scheint, den man finden kann, so brachte er mir hier mehr Ansehen ein, als die Lebensretter in ihren roten Badehosen an den Stränden Kaliforniens genießen.

Ich war der, ohne den das Leben zum Himmel gestunken hätte. »Danke, Bastien«, sagten alle zu mir, »danke, dass du das machst. Danke, dass es dich gibt.« Oh, wie einfach war alles zwischen uns. Kein falsches Getue, dafür Wertschätzung im Überfluss, so viel du wolltest. Nicht so wie überall sonst, wo alles, was du tust, in den Augen der anderen nicht die geringste Bedeutung hat. Seid ihr irgendwann mal zu dem Typen im grünen Overall gegangen, der euren Scheiß Tag für Tag wegräumt, und habt ihm dafür gedankt?

Habt ihr ihm auch nur einmal die Hand gedrückt, weil ihr ohne ihn in euren Joghurtbechern und euren Kartoffelschalen ertrinken würdet? Falls ihr das jemals gemacht habt, na ja, dann nehme ich auf der Stelle alles wieder zurück.

Sie boten mir Kuchen an. Die meisten waren ungenießbar, aber immerhin gut gemeint, eine Anerkennung. Zeit, die sie mir gewidmet hatten, die Nase im Mehl.

Elisa rümpfte ihre, als ich sie fragte, ob ihr die Arbeit zusagen würde. Aber sie war einverstanden.

Keiner der Dorfbewohner hatte einen Führerschein, und die Müllabfuhr kam nicht in diesen riesigen grünen Lastwagen daher, die euch so viel Geduld abverlangen, dort auf den Straßen eurer großen Städte.

Mein Müllwagen hatte zwei Räder, eine Lenkstange und einen Anhänger, den der Rost mit vollen Backen auffraß. Meine Runde durch die Straßen des Dorfes wich nie einen Deut von der gewohnten Route ab. Als überzeugter Dorftrottel war ich zu der Überzeugung gelangt, dass das beste Mittel, sich nicht zu verirren, immer noch das ist, sich keine Gelegenheit dazu zu geben.

Das war, bevor ich anfing zu begreifen.

Das war vor Elisa.

Von da an schien es mir, dass sich zu verirren vielleicht das Schönste ist, was man tun kann.

Wir hatten für sie ein zweites Fahrrad aufgetrieben, ein uraltes Ding, das aber noch fuhr. Mehr verlangten wir auch nicht. Um den Sattel, bei dessen bloßem Anblick einem der Hintern wehtat, hatte ich einen Meter Schaumstoff gewickelt.

Wir fuhren nebeneinanderher, hielten vor jedem Haus. Elisas Aufgabe bestand darin, die weniger schweren Müllsäcke auf den Anhänger zu werfen. Ich übernahm den Rest, der mir federleicht vorkam.

Am Ende des Arbeitstages verströmten wir beide denselben Gestank, und ich war glücklich, weil wir ihn miteinander teilten.

Elisa war nicht gerade das, was man gesprächig nennt, das kann man wirklich nicht sagen.

Neben jemandem, der einfach da ist und beharrlich schweigt, kriegt man Angst davor, plötzlich taub geworden zu sein.

Ich wusste nicht, warum sie so schweigsam war.

Auf meine Fragen antwortete sie einsilbig oder mit einem schüchternen Lächeln, und ich musste mich damit zufriedengeben.

Denn außer sie – nach jenem reizenden chinesischen Brauch – auf Glassplittern niederknien zu lassen oder ihr die Haut aufzuritzen und Salz in ihre Wunden zu streuen, wusste ich nicht, wie ich sie zum Sprechen bringen konnte.

Doch diese Tage, an denen ich in derselben Scheiße wühlte wie sie, erschienen mir unendlich schön.

Da ich ganz genau wusste, dass meine wahnsinnige Begierde der Ruhe nicht erlauben würde, ewig zu dauern, verbot ich mir, daran zu denken.

Sie radelte neben mir her, den Blick in die Ferne gerichtet, die Gedanken bestimmt noch weiter weg, denn häufig passierte es, dass ich vor einem Haus anhielt und sie einfach weiterfuhr. Ich nahm an, dass sie, hätte ich sie nicht zurückgerufen, bis ans Ende der Welt weitergeradelt wäre, ohne es zu merken.

Oft vergaßen die Deppen, ihre Müllbeutel zu benutzen, und dann musste ich den ganzen Mist einzeln auflesen. Aber das war mir egal. Es war ja von nun an unser gemeinsamer.

Unser gemeinsamer Mist. Elisas und meiner.

Anti-Lektion 25

Wir hatten Elisa bei Virginie untergebracht, die sich über ihre Einsamkeit beklagte.

Virginies Nachbarn hatten wir »Raton« getauft, wegen seiner Abneigung gegen Ratten und seinem Wunsch, diese unsägliche Tierart so bald wie möglich vom Erdboden verschwinden zu sehen. Er war ein netter Kerl mit einem ordentlichen Schuss Brutalität, Ergebnis der Prügel, die ihm sein Vater zwischen dem zweiten und vierzigsten Lebensjahr verabreicht hatte.

Diese Vergangenheit hatte in seinem Gesicht wunderschöne Spuren hinterlassen.

Zum Beispiel ein gespaltenes Kinn.

Zum Beispiel ein fehlendes Auge.

Zum Beispiel alles Übrige.

Diese Nachbarschaft beruhigte mich.

Eine solche Fresse stellte keine ernstzunehmende Konkurrenz dar.

Virginie war sechzig, hatte ein altersloses Gesicht und einen Körper, der unter den Fettwülsten ächzte, die bis hinunter zu ihren seltsamerweise zierlichen Fußknöcheln reichten. Und dazu ein loses Mundwerk, das man bei Idioten normalerweise nicht kennt.

Nervtötende Geschwätzigkeit ist im Allgemeinen den Blödmännern vorbehalten, die nicht wissen, dass sie welche sind.

Ihr geistiger Dünnschiss eignet sich hervorragend dazu, sie zu identifizieren.

Ihr seid plötzlich so still geworden, meine Freunde. Bestimmt werdet ihr euch auf eurer kleinen Party heute Abend mit überflüssigen Kommentaren zurückhalten. Bestimmt werdet ihr euch nur sparsam äußern, die Lippen zusammenpressen und euch auf die Zunge beißen, um nicht dem Verlangen zu erliegen, eure Weisheiten zu versprühen und mit eurer Küchenphilosophie zu brillieren.

Bestimmt werdet ihr euch auf die üblichen Höflichkeitsfloskeln beschränken.

Das Salz, bitte. Ja, sehr schön für diese Jahreszeit. Nein, ich habe keine Lust, zwischen Käse und Schwarzwälder Kirsch eine zwanglose Nummer mit Ihnen zu schieben, Monsieur, Madame. Auf Wiedersehen und vielen Dank.

Aber vielleicht auch nicht. Vielleicht seid ihr nicht meiner Meinung. Es wäre vermessen von mir, mein Wort für das Evangelium zu halten, nur weil ich kein Idiot bin.

Ihr habt Recht. Redet, bis euch die Zunge abfällt. Redet, bis euch niemand mehr zuhört. Bis ihr tatsächlich glaubt, was ihr sagt.

Virginie war schön, wenn sie sprach, denn sie wusste, dass aus ihrem Mund nichts als Unsinn kam. Ihr Lächeln war so alt wie die ersten Lügen, und ihre Augen so alt wie der letzte Seufzer. Sie redete, wie andere atmen.

Man kann sagen, dass ihr eine sozusagen Stumme im Haus gut in den Kram passte.

Sie hatte ein Kind bekommen in einem Alter, in dem Eltern alles tun, um einen Skandal zu vermeiden. Ihre Tochter wurde also als ihre Schwester ausgegeben, denn eine dicke Lüge ist immer noch besser als Getuschel hinter dem Rücken der Betroffenen in der Wartschlange beim Metzger.

Virginies Mutterinstinkt, der in dem Moment verschwunden war, als ihr Ekel vor der Welt der Erwachsenen ihr ohnehin schon schweres Herz abgetötet hatte, erwachte bei Elisa wieder zum Leben. Sie war so zurückhaltend, meine Elisa, so zerbrechlich in ihren verhaltenen Gesten, so ganz und gar nichts, ein Staubkorn, dass Virginie gar nicht anders konnte, als den schmächtigen Körper an ihre Ochsenbrust zu drücken.

Oft hielt sie ihre Hand, küsste sie hinter den

Ohren, mit Lippen wie zwei Tropfen Parfüm, und sah sie mit Augen an, die ein ganzes Bataillon von Zärtlichkeit enthielten. Das gab einem das Gefühl, sich in einer Welt zu befinden, in der die Schweine, die einen aus dem Leben reißen, sich nicht vorstellen können, dass man so etwas je wieder empfinden könnte.

Ihre Worte waren für Elisa eine wärmende Decke, und ich sah, wie sie, die Schweigsame, sich unter das ununterbrochene Geplapper ihrer Adoptivmutter flüchtete wie Kinder unter die Röcke ihrer Mutter.

Ich ging jetzt täglich auf den Markt, weil Virginie sie jeden Morgen dorthin schleppte. Sie hielt ihr alle möglichen Leckereien vor die Nase, Cremetörtchen, noch warme Wiener Küchlein, frisch aus dem Ofen; aber Elisa hatte nie, nie Hunger. Und dann wanderte alles in Virginies Magen.

Eines Morgens jedoch erklärte sie sich bereit, in einen Apfel zu beißen, den ich ihr gab, nachdem ich bereits hineingebissen hatte. Sie hielt ihren Mund direkt neben die Schneise, die meine Zähne gerissen hatten. Ich erschauderte bei dem Gedanken, dass unser Speichel sich auf ihrer Zunge vermischte und ich so in gewisser Weise in sie eindrang. In was für einen Zustand mich das versetzte, sage ich euch lieber nicht. Ich hätte Mam umgebracht, nur um die vom Saft des

Apfels feuchten Lippen mit dem Finger berühren zu dürfen.

Ich hätte Mam schon für viel weniger umgebracht, werdet ihr sagen.

Das konnte nicht mehr so weitergehen.

Ich musste es ihr sagen.

Heute Abend.

Anti-Lektion 26

Für einen Idioten ist es nicht leicht, seine Jungfräulichkeit zu verlieren.

Keine Frau will mit jemandem schlafen, der zu kichern anfängt, wenn sie den Slip auszieht.

Mit fünfundzwanzig hatte ich noch nie den Körper einer Frau berührt. Oder nein, doch, aber ich bin mir nicht sicher, ob man Mams Körper, der so trocken war wie ein Fensterpfosten, so trocken, dass man Lust bekam, ihn im Kamin zu verfeuern, auch deshalb, weil das ein köstlicher Moment gewesen wäre, Mam, die vor Schmerzen brüllt, ein Moment intensiver Freude für alle, die sie kannten, dafür würde ich meine Hand ins Feuer legen, wenn das nicht schon passiert wäre, ich bin mir nicht sicher, ob man den Körper der eigenen Mutter dazuzählen kann. Übrigens beschränkte sich unser Körperkontakt auf die Schläge, die sie mir verpasste, aufs Kneifen, auf Ohrfeigen und auf alle anderen täglichen

Torturen, eine kleine Enzyklopädie der Missetaten, mit denen sie mich quälte.

Was Elisas Körper betraf, so versteckte sie ihn unter zu großer, zu weiter Kleidung, und ich versuchte mir die ganze Zeit ihre knochigen Konturen vorzustellen.

Meine Frustration ließ meine Begierde schnell in Obsession umschlagen.

Wenn sie vergaß, vor einem der Häuser anzuhalten, und weiter dem Horizont entgegenradelte, der für uns das Ende der Welt bedeutete und hinter dem niemand, tot oder lebendig, etwas Gutes zu erwarten hatte, betrachtete ich ihre federleichten Hinterbacken, die sich auf dem Sattel hoben und senkten, hoben und senkten wie ein schrecklicher Mechanismus sexueller Erregung.

Sex: Was Leute machen die glauben, es würde ihre tägliche Misere abmildern. Was einem nichts als Ärger einbringt. Wie zum Beispiel eine Schwangerschaft. Wie zum Beispiel dich.

Danke, Mam, für all deine Mutterliebe. Sie hat mir das Herz erwärmt.

Sie hat mich auf kleiner Flamme verbrüht.

Viele von uns hatten ihre Sexualität im Dorf entdeckt. Virginie, die bereits mit dreizehn oder vierzehn Jahren ihre ersten körperlichen Erfahrungen gesammelt hatte, entdeckte die Wonnen des Fleisches zuerst mit Lucien, dann mit Jean, mit Fabrice, Julien und Vincent. Ich glaube, die Hälfte der männlichen Dorftrottel hatte sich an dem schweren, zerfließenden Körper der Sechzigjährigen gerieben.

Mam hatte mir, indem sie mich nicht erwachsen werden ließ, jede Lust genommen, dieses Terrain zu erforschen.

Vor Elisa hatte ich aber trotzdem schon beim Anblick von so einigen Frauenärschen einen Ständer gekriegt. Zum Beispiel bei dem der kleinen Eierverkäuferin – um nur einen zu nennen –, der hin und her wogte wie Wellen oder Getreide im Wind.

Aber das ist überhaupt nicht miteinander zu vergleichen. Es sei denn, ihr kümmert euch einen Scheißdreck um schiefe Vergleiche. Ich halte mich lieber an das, was im Bereich des Möglichen liegt. Vielleicht sind euch ja Kerle lieber, die daran krepieren, dass sie das Mädchen, das sie wollen, nicht kriegen können, die sich für sie in Stücke reißen würden und euch ständig vorjammern, was das in ihrem Herzen und in ihrer Unterhose anrichtet; vielleicht kennt ihr es ja auswendig, das Lied der Ausgehungerten. In dem Fall hindert euch nichts daran, die nächsten Seiten zu übergehen. Man muss es mir nicht zweimal sagen, denn schließlich bin ich ja nicht blöd. Blättert einfach weiter, und Schluss! Schweinebande. Aber ich fände es ziemlich beschissen, wenn ihr mich so schnell in eine Schublade stecken würdet, zwischen zwei so Typen, die euch mit der immer gleichen Geschichte genervt haben, immer und immer wieder, mit der Geschichte der Begierde, der universellen, weltweiten, sich immer wiederholenden, und weil ich nicht zu jenen Typen gehöre, werde ich euch nur eins sagen: Mit Elisa wollte ich eine ganze Menge machen, einen Haufen Schweinereien, ich wusste nur nicht, welche.

Die seltenen unanständigen Bilder, die durch meine Phantasie geisterten, stammten aus Filmen, die ich im Fernsehen gesehen hatte, natürlich an der Seite von Mam. Szenen im Halbschatten, die durch ihre Schlüssellochperspektive eine Sexualerziehung entsetzlich einschränken. Und vor allem: Mam an meiner Seite.

Jetzt denkt ihr wohl, ich hätte Elisa sofort haben können, nackt, verführt durch meine unzähligen Qualitäten als junger cooler Typ, Elisa nackt sich darbietend, wie es nur gewisse Frauen verstehen, die einem mit geschlossenen Augen Herz und Körper öffnen, Elisa mit offenem Herzen und Körper, und ich, ich hätte nicht mal gewusst, was ich mit ihr anstellen sollte, und hätte ausgesehen wie ein Idiot.

Zur Abwechslung.

Aber es gab da etwas, das wir meisterhaft

beherrschten, wir Idioten, und das war das Wichsen.

Darin waren wir stark, das kann man wohl behaupten. Zu den Frauen kann ich nichts sagen, aber die Gespräche, die ich mit den männlichen Dorftrotteln ansatzweise geführt habe – Gespräche ist vielleicht zu viel gesagt –, lassen mich vermuten, dass wir alle begeisterte Anhänger der Selbstbefriedigung waren.

Zum Glück braucht man dazu keine Anleitung. Der Instinkt der Nicht-Fortpflanzung, der Stinkefinger gegen das Hohelied der Zeugung, verdammt, gelobt sei die Hand, dieser Instinkt ist etwas Wunderbares. Gelobt sei die Natürlichkeit dieser Geste. Wir applaudieren laut und begeistert Mutter Natur, die sich des großen Problems der Einsamkeit des Menschen angenommen und es gelöst hat, während sie sich den Busch liebkoste.

Elisa tat alles, um sich hässlich zu machen, doch sie scheiterte grandios.

Ich liebte ihre verfilzten Haare, ihre ausgebeulten Pullis, ihren Hals, der aussah wie der eines kranken Vogels.

Sie ging wie auf glühenden Kohlen.

Eines Morgens fragte ich sie, ob sie mit mir zu Abend essen wolle.

Sie war gerade dabei, einen Müllsack zum Anhänger zu schleppen, den der Idiot von Besitzer in einem Anfall von höchst eigensinnigem Ästhetizismus oder, wahrscheinlicher, aus Unwissenheit über die Abfallbeseitigungsordnung an mehreren Stellen mit Löchern versehen hatte. Es regnete Müll, und Elisa sah aus, als wäre sie im nächsten Moment ohnmächtig geworden.

Sagt nicht, das sei nicht der ideale Moment für eine Einladung zum Abendessen gewesen.

Sagt nicht, dass ihr anders vorgegangen wärt.

Bald werdet ihr Gelegenheit haben, mir eine Lektion zu erteilen.

Aber ich dachte schon seit einigen Tagen daran. Und als ich sie so dastehen sah, so urkomisch, ihr Näschen in verhaltenem Zorn kraus gezogen, verrottete Salatblätter, die ihr auf die Schuhe regneten, da fiel mir die Frage einfach aus dem Mund, ohne dass ich mir dessen bewusst war.

Sie hat Ja gesagt, und ich glaube wirklich, dass sie sich gefreut hat, denn ihr Näschen zog sich mit einem Schlag wieder glatt.

Anti-Lektion 27

Am Anfang war das Wort.

Dummes Zeug!, schimpfte Mam. *Blödes Gequatsche, Irrsinn, Besenschrankmythologie!*

Am Anfang war ein gelungenes Abendessen.

»Genauso hab ich deinen nichtsnutzigen Vater geködert. Mit Schweinebraten in Madeira.«

Das Einzige, was ich auf dem Herd ordentlich gebraten kriegte, waren meine Finger.

Elisa kommt eine halbe Stunde zu spät. Sie reicht mir ihre Männerjacke. Ihre Bemühungen, sich für diese Gelegenheit zurechtzumachen, beschränken sich darauf, ihr verwaschenes T-Shirt in die Hose zu stecken, in dieses jämmerliche, unförmige Ding, das sich nur dank eines Gürtels auf ihren Hüften hält, in den sie mit dem Messer ein Loch gebohrt hat, weit weg von dem ursprünglich letzten. Dem ersten?

Die fettigen Haare bedecken das halbe Gesicht, fallen ihr über die Augen wie ein schmieriger Küchenvorhang.

Wenn ich sie nicht schon ein wenig kennen würde, würde ich sagen, sie hat keine Lust, hier zu sein. Sie wartet, ohne ein Wort von sich zu geben. Ohne mich anzusehen.

Ich fordere sie auf, sich zu setzen.

Sie setzt sich.

Ich fordere sie auf, sich von dem widerlichen gegrillten Lachs zu nehmen, von dem nur noch Haut und Gräten übrig sind.

Sie nimmt sich.

Ich fordere euch auf, meine Stelle einzunehmen. Und ich nehme gerne eure ein.

Jetzt seid ihr an der Reihe, denn ich, ich bin draußen. Mir schlottern die Knie. Ihr habt alle Freiheiten, das zu tun, was ihr für richtig haltet. Und wie ich euch so kenne, werdet ihr euch benehmen wie die Schweine.

Immerhin werdet ihr zunächst versuchen, die Form zu wahren.

Ihr werdet ihr Wein anbieten, den sie mit den Augen annehmen wird.

Ihr werdet ihr Brot reichen, das sie nicht essen wird.

Ihr werdet versuchen, euch als Gentleman-Ficker zu geben.

Ihr werdet den Arm ausstrecken, um ihre Hand zu ergreifen, und sie lässt euch gewähren.

Ihr werdet über dieses und jenes reden, dieses noch alberner als jenes, ihr werdet jede Menge dummes Zeug absondern, um das Schweigen zu töten, das wie ein Mauer zwischen euch steht, und sie wird so tun, als würde sie euch zuhören.

Ihr werdet nicht mehr wissen, was ihr tun sollt, und mich bitten, wieder euren Platz einnehmen zu dürfen.

Aber ich werde ihn euch nicht zurückgeben. Es gibt Dinge, darin seid ihr besser als ich.

Schließlich werdet ihr, um es kurz zu machen, aufstehen, zu der jungen Frau gehen, die ebenso gut auch ein Lampenschirm sein könnte, werdet sie bei den Handgelenken fassen, sie hochziehen und auf die Füße stellen.

Widerstand gegen eure Küsse wird es von ihrer Seite nicht geben. Erwiderung auch nicht. Jede Marmorsäule wäre erregender, werdet ihr denken, und dennoch werdet ihr, um euch in eure Wirklichkeit, in euren Salon mit dem Ledersofa und den dazu passenden Sesseln zu versetzen, ihr die Hand auf die Brust legen. Ihr werdet ihr T-Shirt hochziehen und euch dabei fragen, ob das nicht gegen das Gesetz ist. Ob sie durch ihr Schweigen und ihre Teilnahmslosigkeit Zustimmung signalisiert.

Und dann werdet ihr von dem Kartoffelauflauf träumen, der euch am heimischen Herd erwartet, von der Béchamelsoße, deren Geheimnis nur eure Frau kennt. Ihr werdet das Mädchen vernaschen, es auf meinem alten, durchgesessenen Sofa vögeln, ihr werdet es gut machen, mit viel Gefühl, denn immerhin handelt es sich ja um meine Entjungferung, und auch wenn ihr mich nicht kennt, glaubt ihr mich dennoch ein wenig zu verstehen. Nicht wahr?

Immerhin benehmt ihr euch nicht wie ein egoistisches Monster.

Solltet ihr eine Leserin und kein Leser sein, ändert das gar nichts. Dann werdet ihr eben einen künstlichen Pimmel in Elisa hineinschieben und ihn im Höllenrhythmus der Vorwürfe bewegen, mit denen ihr mich bestimmt überschütten werdet, denn auch wenn die Mehrheit sich darin einig ist, dass Literatur kein Geschlecht hat, so habe ich doch die Macht, euch das zwischen die Beine zu rammen, was mir passt. Ein großes, dickes, hartes Ding, zum Beispiel.

Wenn ihr mit dem Mädchen fertig seid, das sich während diesem Minimalkontakt wie ein Getreidesack verhalten hat, werdet ihr euch aus dem Staub machen wollen, um wieder in eurem *Living Room* zu sitzen, vor dem dampfenden Kartoffelauflauf, mit doppelten Vorhängen und gepanzerter Tür, die furchtbar wirkungslos ist, nebenbei gesagt. Ein wahres Sieb, euer Panzer für fünftausend Mäuse. Ich werde ihn euch zurückgeben, euren Platz, aber euer Auflauf … tut mir leid, wirklich köstlich diese Béchamel, vielleicht, wenn ihr den Teller ableckt, bleibt noch eine Spur von Geschmack …

Ich gehe wieder zu Elisa, die sich durch das, was ihr mit ihr gemacht habt, überhaupt nicht verändert hat. Sie ist noch genauso unerträglich teilnahmslos wie vor eurer Schandtat.

Ich beglückwünsche euch nicht.

Medizin für die Nullen 8

Jetzt geht es erst mal darum, ein Mittel zur Fortbewegung zu finden.

Weil, na ja, der Siegertyp mit seinem geschmeidigen, katzenhaften Gang, der Schaumschläger, der angibt wie Graf Rotz, der Champion, der sich schon auf den Korridoren seines weißen Palastes stolz herumstolzieren sieht, während seine Vasallen in den blauen Kitteln ehrfürchtig zur Seite treten, so wie es sich gehört, dieser Meister aller Klassen ist nicht mal in der Lage, alleine aufs stille Örtchen zu gehen. Gerade hat er sich mal wieder vollgepisst.

Die Kanüle, die ihm eine solche Demütigung ersparen soll, hat sich unauffällig verabschiedet, und nun sind die Verbände des Lieblings aller Frauen, die Windeln des Märchenprinzen uringetränkt.

Wenn einem so was passiert, weiß man wieder, was Demut ist.

Plötzlich schweigt die große Klappe. Es herrscht Stille in dir wie in einem Kloster. Auge in Auge mit der menschlichen Tragödie bleibt dir nur noch, dich ganz klein zu machen. Dich selbst zu vergessen. Doch mit jeder neuen Kränkung geht ein wenig Lebensenergie flöten.

Es heißt, man könne sich nicht totschämen. Das ist falsch. Scham ist der hinterhältigste Mörder, den es gibt. Sie nagt an deinem Ego, zehrt es auf, Stück für Stück, bis nichts mehr von dir übrig bleibt als grenzenlose Verachtung für die eigene Person.

Bis nichts mehr übrig bleibt als ein Häufchen Elend.

Also gut, versuchen wir, ehrlich zu sein: Ich bin ein bewegungsunfähiger Krüppel und brauche ein Paar Beine, die gehen können.

Auch wenn es nicht meine eigenen sind.

Die von Jean, zum Beispiel, würden ihre Sache sehr gut machen.

Sie sollen funktionstüchtig sein, habe ich gehört. Gerüchte auf den Fluren, buchstäblich, aber warum sollten die Krankenschwestern Märchen erzählen? Anscheinend hat es den Fleischkoloss weiter oben erwischt.

Wenden wir uns dem Problem der Kontaktaufnahme zu. Intra-hospitales Telefon? Hört sich ganz einfach an. Versuchen wir's also mal.

Einfach, ja und nein. Es gelingt mir, den Hörer

abzunehmen, aber ich weiß nicht, wie ich mit meinen Stümpfen die Tastatur bedienen soll.

Mist, verdammter! Ich muss mir etwas überlegen.

Anti-Lektion 28

An dem Tag nach dem Abend, an dem ihr Elisa gevögelt hattet, kam sie nicht zur Arbeit.

Ich zog die Müllsäcke hinter mir her und fragte mich, was ihr mit ihr gemacht hattet, dass sie mich nicht sehen wollte.

War nur ein Witz. Ich habe alles gesehen. Ihr habt gemacht, was ihr konntet. Im Rahmen eurer Möglichkeiten.

Nachdem ich den stinkenden Abfall an den Dorfrand gebracht und dem Feuer übergeben hatte, das ihn in bilderbuchschönen Rauch aufgehen ließ, beschloss ich, so lange weiterzuradeln, bis Elisas Gesicht vom schmerzerfüllten Bildschirm meiner Fantasie verschwunden sein würde. Man sagt, Erschöpfung löse so manches Problem. Mam. Mam sagte das.

Wenn es schlecht läuft, verausgabe dich, reiß dir ein Bein aus, bis du nicht mal mehr die Kraft hast, dich an deinen eigenen Namen zu erinnern.

Ich habe mich abgestrampelt. Lange.

Irgendwann brach die Nacht herein. Ich trat wie ein Verrückter in die Pedale meines alten Drahtesels, der trotzdem nicht den Geist aufgab. Ich konnte nichts sehen. Die Straßen in unserem Nest waren nicht beleuchtet.

Ich war erschöpft, aber wieder einmal waren Mams Sprüche einen Dreck wert. Elisa verschwand nicht.

Im Gegenteil, sie saß am Dorfeingang und wartete auf mich.

Ihre Augen waren so schwarz, dass man meinen konnte, man sähe durch zwei Löcher in die Dunkelheit hinter ihrem Kopf.

Sie legte die Hände auf meinen Lenker.

Als sie sich ins Gras legte und sich dasselbe T-Shirt über den Kopf zog, das ihr ihr am Vorabend ausgezogen hattet, hörte das Hinterrad meines umgekippten Fahrrades auf, sich zu drehen.

Anti-Lektion 29

Ich denke.

Die ganze Zeit.

Ständig einen Gedanken auf dem Feuer zu haben, ist etwas ganz Neues für mich.

Ich denke, Elisa und ich sind zusammen.

Ich denke, es liegt eine gewisse Logik darin, dass die beiden einzigen Menschen im Dorf, die keine Idioten sind, sich zu einer Gemeinschaft innerhalb der Gemeinschaft zusammengetan haben.

Ich denke, dass sich die unschuldig Verurteilten im Gefängnis gegenseitig erkennen. Dass die faulen Schüler in der letzten Reihe einer Klasse ihr Erstaunen darüber teilen, sich an einem Ort zu befinden, an dem sie nichts zu suchen haben.

Was ich damit sagen will, ist das, was wir alle wissen: Wir suchen bei dem anderen nicht nur das, was wir mit ihm gemeinsam haben könnten.

Nein, wir suchen bei ihm die Unterschiede, die uns vom Rest der Menschheit trennen und die wir mit ihm gemeinsam haben.

Das Gefühl des Widerstands als einende Kraft.

Elisa kam just, nachdem ich zu dieser erschütternden Erkenntnis gelangt war.

Ich glaube nicht an Schicksal, aber man kann nicht bestreiten, dass der Zufall ihm manchmal verblüffend ähnlich sieht.

Zufall: Lass gut sein, Mam, du nervst.

Elisa ist in dem Moment gekommen, als ich mich, wie in einem Déjà-vu déjà-vu déjà-vu, mit meinem Anderssein alleine zu fühlen begann.

Elisa ist gekommen, und meine Panik, nicht der Idiot zu sein, für den ich mich gehalten hatte, löste sich zwischen ihren dürren geöffneten Schenkeln in Luft auf.

Elisa ist gekommen, und es war mir egal, dass sie nicht sprach, denn ich wusste, dass sich das irgendwann ändern würde.

Elisa ist gekommen, und endlich hörte ich auf, Mams machiavellistisches Gesicht im Traum zu zertrümmern.

Elisa ist gekommen, auf leisen Sohlen, abscheulich hässlich, wie ein Staubkorn kam sie in mein verlogenes kleines Leben geflogen.

Elisa ist gekommen.

Medizin für die Nullen 9

Die Nacht bricht über uns lebende Toten herein, und mich überkommen tausend Tonnen Verzweiflung, mindestens. Ich verschwinde fast auf meiner Matratze, der schreckliche Zwischenfall zerquetscht mich wie ein Insekt. Wie Staub. Weniger als Staub. Mir wird kotzübel bei dem Gedanken an meinen jämmerlichen Zustand.

Aber so ist das. Keine Chance, mit Jean in Kontakt zu treten. Ich habe alle Möglichkeiten in meinem Kopf bewegt und bewegt und bewegt. Aber ich habe nichts als Leere bewegt. Es gibt keine Lösung.

Elisa.

Verdammte Affenscheiße.

Und dann kommt Claudine herein. Claudine, das ist die Krankenschwester, die mir jeden Abend den Arsch abwischt, die mir die Kanülen herauszieht und neu setzt, die letztlich nur ihre Arbeit macht, aber was für eine Arbeit, frage ich euch, man könnte mich mit Gold überhäufen, ich wollte ihren Job nicht haben, aber sie, sie wischt mir den Arsch und alles andere ab, als wäre es das Normalste der Welt … Sie macht das mit einem versteinerten Lächeln, riesig breit, grässlich, nie wird sie dieses mechanische Lächeln los, man fragt sich, ob sie damit geboren wurde, ob das nicht eine angeborene Missbildung ist, vielleicht hat sie dieses festgefrorene Lächeln auf dem Gesicht wie andere sechs Zehen im Schuh, ein Fabrikationsfehler eben. Und weil sie ein braves Mädchen ist, so nett, dass man vor Langeweile stirbt, sage ich mir, dass es gar nicht so schlecht ist, wenn das Lächeln wirklich eine Lähmung ist oder so was Ähnliches, manchmal ist es gut so, wie es ist.

Plötzlich schlägt es wie ein Blitz ein: Aber ja, natürlich! Du hast sie, die Lösung, Dummkopf, sie steht direkt vor dir und wechselt gerade deinen Infusionsbeutel. Direkt vor dir in ihrem hochgeschlossenen Kittel, mit ihren kleinen Händen, die zum tausendsten Mal dieselbe Bewegung ausführen. Du hättest dir nicht das Hirn zermartern müssen: Auch wenn du kein Idiot bist, kannst du auf einfache Lösungen kommen.

Ich sehe Claudine also an, als würde es auf meiner eigenen Beerdigung regnen. Lege so viel Traurigkeit und Kummer hinein, wie ich kann, und dafür muss ich mich gar nicht anstrengen.

Nichts davon ist Theater. Ich liege also da und sehe sie mit flehendem Blick an, weil ich spüre, dass sie meine letzte Rettung ist. Ohne sie keine Elisa. Sie liest in meinem Blick, hört mir zu mit ihrem Lächeln, tröstet mich mit ihrem Lächeln, und wenn ich sie darum bäte, würde sie mich mit ihrem Lächeln töten.

Aber ich bitte sie um etwas anderes. Ich spreche, so gut ich kann, was nicht viel besser ist, als wenn ich mich überhaupt nicht anstrengen würde. Aber sie versteht. Ja, sie versteht, dass ich meinen Freund besuchen muss, den Riesen im Zimmer nebenan, weil es nämlich menschenunwürdig ist, so alleine zu sein mit seinem Schmerz, so verlassen. Das sagt sie mir mit ihrem Lächeln, diesem wunderbaren Lächeln, diesem Juwel ohne Kronen, oder mit perfekten, die man nicht sieht. Sensationell, Ihr Lächeln, gute Frau. Ich glaube, ich liebe Sie, wirklich.

Anti-Lektion 30

Elisa hat gesprochen.

Sechsundzwanzig Tage und fünfzehn Stunden, bevor ich mich in ein Freudenfeuer verwandeln werde, ich, der ich zu euch spreche, euer Bastien, der schon bald zu einer lebenden Fackel werden wird, zu einem Flammenwerfer, zu was auch immer, hat Elisa endlich den Mund aufgemacht, um alles auszukotzen.

Ich hätte genauso gut woanders sein können.

Wir waren mitten in der Abfallbeseitigung. Sie hatte sich auf den Bürgersteig gesetzt, wischte sich die Hände an der Hose ab und schaute zum Himmel, der an dem Tag sehr niedrig hing über unseren Köpfen, sehr niedrig, wie ein Ozean auf Himmelfahrt.

Sie sagte: »Ich bin kein Idiot.«

Ich sagte: »Ich weiß.«

Aber sie hörte mich nicht.

Sie sagte: »Als ich klein war, haben mich alle

geliebt. Und als ich groß war, genügte es nicht mehr, liebenswert zu sein. Aber das war alles, was ich konnte. Man hat Dinge von mir erwartet, zu denen ich nicht fähig war. Anfangs habe ich so getan, als könnte ich es schaffen. Das Leben meistern, wie sie sagen. Sich ein Leben aufbauen, das ist das Einzige, wovon sie reden. Ich wusste nicht wirklich, was das bedeutete. Sein Leben aufbauen, Stein für Stein für Stein, wie einen Turm? Ein Studium, ein Stein. Ein Mann, ein Stein. Ein guter Job, ein Stein. Und dann Kinder, eins über dem anderen über dem anderen, bis der Turm fertig ist. Das war es, was sie wollten.«

Sie schwieg eine Weile. Fummelte an ihrem ausgefransten Hosensaum.

Sie sagte: »Und ich hätte das auch gewollt, wenn ich nicht ich gewesen wäre. Wenn ich eine andere gewesen wäre. Aber ihre Erwartungen an mich waren so groß! Vor ihren Augen spulte sich mein ganzes Leben ab, als wären sie ich gewesen, ein paar Sekunden vor meinem Tod. Eine perfekte Karriere und eine ideale Familie, wie in der Werbung, ein fantastisches Leben, das sie für sich erträumt hatten und jetzt für mich erträumten.«

Sie strich sich übers Gesicht.

Sie sagte: »Letztendlich sind wir nichts anderes als die Traummaschinen unserer Eltern.«

Ihr Kinn zitterte ein wenig. Es fing an zu regnen. Der Ozean schien begriffen zu haben, dass er am Himmel nichts zu suchen hatte.

Sie sagte: »Was sie nicht geschafft haben, bürden sie uns auf.«

Sie zeigte mit der offenen Handfläche zum Himmel.

»Je mehr sie von mir erwarteten, umso weniger konnte ich ihre Erwartungen erfüllen. Okay, die Lüge war eine wacklige, heikle Lösung, aber immerhin eine Lösung. Ich habe studiert. Ich habe einen guten Job gefunden. Und dann einen Mann. Ich habe ein Kind gekriegt. Ich hatte nicht gedacht, dass ich den Schwindel so weit treiben würde, aber wenn man erst mal den ersten Schritt getan hat …«

Ich sagte: »Du sagst es.«

Mit infernalischem Getöse fiel der Ozean vom Himmel auf die Erde. Elisa kümmerte das offenbar nicht, denn sie fuhr fort:

»Der Tag, an dem alles in sich zusammenfällt, beginnt wie jeder andere. Man hätte sich irgendein Zeichen beim Aufwachen gewünscht, eine Küchenschabe im Müsli, einen Selbstmörder in der Metro. Nichts. Sogar schlimmer als nichts: besser als gewöhnlich. Vor dem Schultor, zwischen kleinen Mädchen und kleinen Jungen und ihren Mamas, teilt dir dein Kind mit, dass du nicht seine Mutter bist. Und es hat Recht. Du bist nur eine Scheinmutter. Und die Vorspiegelung einer Ehefrau.«

Als sich das tränennasse Gesicht endlich zu mir dreht und mich so in die seltsame Szene mit einbezieht, als ihr Lächeln noch trauriger ist als das traurigste Schluchzen, falle ich vor Elisa auf die Knie und lege mein Gesicht auf ihre erdverkrusteten Schuhe.

Anti-Lektion 31

Wohin du auch gehst, es bleibt alles beim Alten. Die Schweinehunde bereichern sich auf Kosten anständiger Leute. Sagte Mam.

Sie hatte Unrecht.

Unser Dorf hatte einen Weg gefunden, den allgemeingültigen Regeln ein Schnippchen zu schlagen.

Die Gesetze der übrigen Welt wurden außer Kraft gesetzt, sobald sie die Grenze zu unserem Dorf überschritten, etwa so, wie Mikroben absterben, wenn sie mit Frost in Berührung kommen.

Oder mit Feuer.

Wir hatten einen starken Gemeinschaftssinn.

Nur Dummköpfe können es sich erlauben, anderen zu vertrauen. Sagte Mam.

Sie hatte Recht.

Wir waren Dummköpfe, und wir hatten Vertrauen. Und zum ersten Mal mussten wir nicht die Zeche dafür bezahlen.

Kein Bescheißen. Keine üblen Touren. Keine Betrügereien, und wenn, dann nur ganz kleine.

Wir waren zu dumm, um boshaft zu sein.

Pierrots Test funktionierte hervorragend.

Dutzende von Imitatoren – so nannten wir sie schließlich, weil wir keine präzisere Bezeichnung fanden – konnten jede Woche mit Hilfe des umgekehrten IQ entlarvt werden.

Nach Elisa kamen nur noch Leute ins Dorf, die dort nichts zu suchen hatten. Es war komisch zu sehen, wie sie der untergehenden Sonne entgegengingen, zurück in das Leben, das sie nicht mehr ertrugen, zurück zu Arbeit-Familie-Langeweile, und wir hatten uns sogar angewöhnt, uns zu der Gelegenheit am Dorfausgang zu versammeln, am Dorfeingang, dort, wo die verrücktesten Hoffnungen geboren wurden und starben, Hoffnungen von Typen, die glaubten, keinerlei Hoffnungen mehr zu haben. Metro-Saufen-Köter, das war für sie schon alles. An Hoffnung.

Das ging mir durch den Kopf, achtundsiebzig Stunden und vierzig Minuten, bevor mein Körper in die Luft flog, bevor er rauchumhüllt gen Himmel schwebte wie ein stummes Lied.

Wir lachten. Wir hätten das nicht tun sollen, stimmt, aber wir lachten. Alle lachten, bis sie sich ihre Kinnladen ausrenkten. Sie schütteten sich aus vor Lachen. Ich eingeschlossen. Nach eurer Nacht mit Elisa waren meine Gewissensbisse getrocknet wie Sperma in der Sonne, und schließlich hörte ich auf, mir von meinem Aussichtsturm aus das traurige Spektakel dieser grausamen Verbannungen anzusehen. Nur Elisa lachte nicht. Elisa versetzte sich an die Stelle der Leute, und ich hörte, wie ihr jedes Mal das Herz brach.

Pierrot und ich testeten die Bewerber.

All diese verzweifelten Typen, die sich benahmen wie Affen, weil sie glaubten, das würde ihnen die Tore zum Paradies öffnen, das war schon ziemlich mies.

Sie kratzten sich so heftig im Gesicht und hinter den Ohren, dass man hätte meinen können, sie hätten die Windpocken.

Sie stießen das aus, was sie für spitze Schreie hielten, überzeugt davon, dass ein Idiot seine Stimmbänder nicht besser kontrollieren kann als seine Bewegungen.

Was am Ende dabei herauskam, waren Schimpansen mit unerklärlichen Ticks.

Gelangweilt notierte ich die Antworten dieser Clowns. Noch bevor sie vor mir saßen, wusste ich, dass ich auf die Frage »Was meinst du, ist er/sie ein richtiger Idiot?« mechanisch hinschreiben würde: »Ganz sicher nicht.« Ganz entschieden nicht. Eine Intelligenzbestie, diese Frau, die ihre Daumen in die Ohren steckt. Ein wahres Genie, dieser Typ, der mir ins Gesicht furzt. Und das Mädchen, das sich das Zahnfleisch mit Nagellack angemalt hat: ein Nobelpreis, todsicher.

Solche Leute, zu blöd, um richtige Idioten zu sein, kamen jeden Tag zu uns. Immer mehr, eine Flut von Plagiatoren, eine regelrechte Plagiatorenplage, ein Heer von Trittbrettfahrern, jede Woche mehr, so viele, dass Pierrot befürchtete, sie würden neben unserem Dorf ein Spiegel-Dorf gründen.

Eine Zwillingsgemeinde, direkt gegenüber, von unseren Fenstern aus hätte man sie beobachten können, die armen Teufel, wie sie unsere Art zu leben kopierten, Euphorie und Heiterkeit mit allem Drum und Dran, eine verzerrte Version unseres Nirwanas, und am Ende die Gewissheit, dass die Nähte schon bald platzen würden, dass der Stoff reißen würde, denn es gibt nichts Zerbrechlicheres als das Glück, vor allem, wenn es nur vorgetäuscht ist.

Doch ihre Enttäuschung war zu groß, als dass sie so einen Plan hätten aushecken können. Ihre Zukunft, das war eine unerbittliche Rückkehr in ihre Vergangenheit. Von dieser Seite aus drohte uns also keine Gefahr.

Ich für meinen Teil war glücklich, schon im Voraus und für alle Zeiten die Erinnerung an die große Liebe zu besitzen, die zu diesem Zeitpunkt noch keine Erinnerung war; aber ich freute mich bereits jetzt an dem Gedanken, dass sie es eines fernen Tages einmal sein würde, und das ist das Einzige, was man dir nicht wegnehmen kann.

Mit der Zeit wird sie sich zweifellos abschwächen, die Erinnerung. Ihre Substanz aber wird bleiben.

Vielleicht wird Alzheimer seine Zähne daran wetzen, aber mein verbranntes Fleisch, mein Elisa-Fleisch wird sich erinnern.

Ich also war glücklich, dieses Haus der Erinnerung an Elisas Körper und Hintern zu erbauen, der Erinnerung an das Schöne und Große, für den Fall, dass es irgendwann mal schlecht laufen würde.

Denn man darf sich nichts vormachen, irgendwann läuft es immer schlecht.

Man kann es so oder so betrachten: Das Unglück hat keine Kehrseite und noch weniger einen Ort. Keinen Eingang, keinen Ausgang. Ihr könnt es wenden, wie ihr wollt: Wenn ein Tanklastwagen mit einem Schulbus zusammenstößt, läuft es immer auf dasselbe hinaus.

Bis die Dinge aus dem Ruder liefen, streichelte ich Elisabrüste, Elisaschenkel, Elisahüften. Meine gierige Zunge in den verstecktesten Winkeln ihrer Anatomie.

Ihr Körper, der so gefühllos war beim ersten Mal, ihr Körper unter eurem, ihr erinnert euch, ihr Körper blieb auch in meinen Händen leblos.

Die Hülle eines toten Tieres.

Eine gefühllose Masse Frau, die mir meine Orgasmen verschaffte.

Schon verrückt, zu welchen Praktiken man sich bei der Aussicht auf einen Orgasmus mit der Frau, die man liebt, hinreißen lässt.

Zu einer Abart von Nekrophilie, in meinem Fall.

Macht nicht so ein Gesicht, ihr wisst ganz genau, wovon ich spreche.

Anti-Lektion 32

Das Erste, was Elisa tat, als sie in den Salon meines bescheidenen Heimes, meines kleinen Schlosses, trat, das aussah, als wäre gerade eingebrochen worden, das Erste, was sie tat, war: nichts.

Dann: mitten in dem halb ausgeräumten Zimmer stehen bleiben, mit baumelnden Armen, wie eine geistig Zurückgebliebene, was sie ganz und gar nicht war.

Und dann: warten, den Blick ins Leere gerichtet, darauf, dass etwas passierte.

Nämlich: dass ich sie vögelte.

Anfangs hätte ich mir gewünscht, dass sie sich körperlich angezogen gezeigt und dadurch ihrer Begierde den üblichen Ausdruck verliehen hätte, Finger über erbebender Haut, halb geöffneter Mund über feuchter Erotik, halb geschlossene Lider über leidenschaftlich erregtem Blick.

Anfangs hätte ich mir eine richtige Schlampe gewünscht.

Das Zweite, was sie tat, war: nichts.

Und dann: nicht den kleinsten Muskel bewegen, als sich meine Hände auf ihre Schultern und ihre Brüste legten, auf alle Partien ihrer Anatomie, des Körpers eines unterernährten Mädchens.

Anfangs hätte ich mir gewünscht, dass sie meine Küsse erwiderte. Ich saugte an ihren kühlen, weichen Lippen wie an kleinen toten Fischen, ich knetete ihre Zunge mit meiner, versuchte sie zu animieren, wie ein Puppenspieler, der einem Stück Holz Leben einhauchen will. Der wie wahnsinnig an den Fäden zieht, um etwas Totes irgendwie zum Leben zu erwecken.

Bald jedoch gewöhnte ich mich an die Teilnahmslosigkeit meiner Geliebten.

Mehr noch: Ich verstand sie.

Sie hatte beschlossen, den Turm aus Lügen, der ihr früheres Leben gewesen war, mit absoluter Bewegungslosigkeit zum Einsturz zu bringen. Ihr Kampf bestand aus konsequenter Untätigkeit.

Das Dritte, was sie tat, war: kein Wort sagen, nicht den leisesten Ton von sich geben.

Ihr Schweigen war betäubender als ein langgezogener Schrei in der Nacht.

Wenn mein Geschlecht in ihr plötzlich die Rechtfertigung für sein Dasein fand, nahm Elisas Stummheit den feierlichen Ausdruck einer religiösen Handlung an.

Wenn mein von bedingungsloser Liebe erfüllter Blick sich tief, ganz tief in ihren senkte, löste das nichts als gesteigerte Abwesenheit aus.

Das war ihre Art, den verdammten Lügenturm ihres Lebens Stein für Stein für Stein abzutragen.

Studium: ein Stein.

Ehemann: ein weiterer Stein.

Ein guter Job, ein Haus, ein Kind: Steine, die zu Staub zerbröselten, bis wieder zur Erde zurückkehrte, was ihr niemals hätte entrissen werden dürfen.

Nämlich: die Träume, die ihre Eltern für sie zu träumen sich erlaubt hatten.

Nämlich: Träume, die eure Eltern für euch zu träumen sich erlauben.

Auf immer begraben unter den Trümmern der Katastrophe, die sie ausgelöst haben, den Trümmern der tausend so verrückten wie illegitimen Hoffnungen auf ihre Karriere, auf eure, auf meine.

Ab in die Kiste mit der Leiche dessen, den sie sich gewünscht und der zu sein wir nicht geschafft haben!

Der wir nicht sein konnten.

All das, die Zerstörung eines eigenen Ichs, das man ihr am ersten Tag ihres Lebens aufgezwungen und das sie von Anfang an gehasst hatte, drückte sich bei ihr in Apathie und bei mir in Bewegung aus.

Eigentlich hatte ich mir einfach nur einen guten Fick gewünscht.

Doch bald schon war ich glücklich, an einer Beerdigung teilnehmen zu dürfen.

Medizin für die Nullen 10

Als ich Jeans Zimmer betrete, sieht er mich nicht. Ich muss etwas sagen, damit er weiß, dass ich es bin.

Ich verstehe sofort: Jean ist blind. Das Feuer hat ihm das Augenlicht genommen, und anstelle der Augen hat er jetzt zwei weiche weiße Kugeln, Augen wie die eines toten Fisches, wirklich scheußlich anzusehen, aus denen eine widerliche Flüssigkeit sickert.

Ich sitze in einem Rollstuhl. Claudine hat eine halbe Stunde gebraucht, um mich hineinzusetzen, und in dieser halben Stunde habe ich wirklich geglaubt, sie würde mich umbringen. Das ist das Ende, Bastien, habe ich gedacht, jetzt bist du reif, und du verdienst es. Der Schmerz wurde während dieser Aktion erst so richtig heftig, ganz so, als hätte er mir bisher nur seine Gehilfen geschickt, um mich zu piesacken. Er ist auf mich zugekommen, riesig und allmächtig, und hat mich in seine Arme genommen, ohne Hände, ohne Ende, hat mich umschlungen wie eine wahnsinnige Geliebte, und in dem Moment habe ich alles gewusst, was es zu wissen gab.

Habe alles gesehen, was es zu sehen gab. Meere und Länder und darüber Asche, wie ein universelles Leichentuch, das alles bedeckt, Asche, das Ende von allem und der Anfang von allem.

Ich wusste, dass es nichts zu wissen gab.

Jetzt sitze ich im Rollstuhl an Jeans Bett und betrachte seine verbrannten Augen, die einen gelblichen Saft ausschwitzen. Ich kann ihn riechen, den widerlichen Eiter, er stinkt nach Tod. Da sind wir nun, wir beide, er kann nichts mehr sehen, und ich würde am liebsten losheulen, weil das alles meine Schuld ist, die kaputten Augen und das zum Teil in Rauch aufgegangene Gesicht drumherum, meine Schuld, wenn wir in Zukunft und für alle Zeiten nur noch rohes Fleisch sind.

Ich sage nicht, dass es mir leidtut, das würde nichts nützen. Übrigens ist Jean mir nicht mal böse, Verzeihen wohnt in seinem Herzen. Er würde nicht im Traum auf den Gedanken kommen, mir Vorwürfe zu machen.

Ich erzähle ihm von meinem Plan, und er scheint zu verstehen, was ich sage. Ich mache ihn trotzdem darauf aufmerksam, dass es kein

Spaziergang werden wird, dass wir beide zusammen nicht mal mehr ein ganzer Mann sind, und dann die vielen Stockwerke, wir werden ganz schön ins Schwitzen kommen, das ist sicher. Er pfeift drauf. Er ist dabei. Seine Hände hat er noch, und mit seinen Fingern wischt er sich den Eiter weg, der sich in kleinen Klümpchen auf seinen Augen angesammelt hat. Der Anblick ist wie ein Schlag in die Magengrube.

Und dann denke ich an Elisa, und es geht vorbei.

Geografiestunde 8
Amerika – Teil 1

Neunzehnhunderteinundachtzig wird Michael Anderson zum Tode auf dem elektrischen Stuhl verurteilt, doch dann wird seine Strafe in Lebenslänglich umgewandelt. Jahre später sitzt er auf der metallenen Kloschüssel seiner Zelle und repariert seinen Fernseher. Als er ein elektrisches Kabel mit Hilfe seiner Zähne von der Ummantelung zu befreien versucht, erleidet er einen tödlichen Stromschlag.

Neunzehnhundertachtundneunzig schlagen zwei Bauarbeiter ein Loch in eine Betonplatte, die sich mehrere Dutzend Meter über dem Boden befindet. Es ist ihnen nicht bewusst, dass sie auf der Scheibe stehen, die sie herausschlagen, und sie stürzen sich zu Tode.

In weniger als vierundzwanzig Stunden wird ein junger Mann, der den Nachweis erbringen will, dass er kein Idiot ist, zeigen, dass er der König der Deppen ist.

Medizin für die Nullen II

Seit ich in Jeans Zimmer bin und ihm von unserer kleinen Wallfahrt erzähle, ihm das Warum in das eine und das Wie in das andere Ohr flüstere, ihm beide Ohren mit meinen Stümpfen verstopfe, damit das Gesagte nicht gleich wieder rauskommt, seit ich hier bin und mich auf jemand anderen als auf mich selbst konzentriere, hat der Schmerz von seinem Beutefleisch ein wenig abgelassen.

Nicht dass ich vor Energie strotze, nein, ihr dürft euch nicht vorstellen, dass uns in unserer persönlichen Hölle eine Verschnaufpause während des Dreimal-Achtstundenarbeitstages vergönnt ist.

Hundertmal werde ich dem blinden Jean dasselbe Lied vorsingen, zum einen, weil kaum zu verstehen ist, was aus meinem Frikasseemund kommt, und dann, weil das Feuer Jean nicht gerade schlauer gemacht hat, nein, das kann man wirklich nicht behaupten. Ich fürchte, er hat bei der Geschichte eine ordentliche Portion Gehirn eingebüßt.

Die Augen waren wohl seine Schwachstelle. Das verfluchte Feuer, diese Himmelsmacht, die gleichermaßen Tod und Leben schafft, sowohl Licht als auch Zerstörung, ja, durch seine Augen müssen die Flammen eingedrungen sein, müssen sich ihren Weg in sein Oberstübchen gebahnt und sich einen Spaß daraus gemacht haben, kleine Löcher in sein Hirn zu brennen. Ja, so muss es gewesen sein.

Ich brülle ihm das Lied unserer Flucht ins Ohr, summe es an seinem Hals, erfinde atemberaubend schöne Melodien. Mit dem, was aus meinem Mund kommt, kann man Tote zum Leben erwecken, mindestens. Mir selbst dreht sich davon der Magen um. Dabei muss ich Jean gar nicht überzeugen. Er würde mir auch in die Hölle folgen, der Idiot.

Was er bereits getan hat, ehrlich gesagt.

Meine Stimme ist alles, was mir geblieben ist. Meine Worte ohne Konsonanten, meine feuchten Worte, die nur für diejenigen existieren, die sich Mühe geben, sie zu verstehen, mein seltsames Vokabular: mein letztes Aufgebot.

In der Schwärze seiner Nacht kann Jean sich hinsetzen, wo er will, alles wird für ihn zum Thron, immer.

Auf Beton ist die Sirene nichts weiter als eine halbtote Sardine.

Doch ihre Stimme, ihr geheimnisvoller Gesang klingt immer noch nach.

Also singe ich wie ein Idiot, wie eine Sirene, und wen ich überzeugen muss, das bin ich.

Ich muss mich davon überzeugen, dass der Tod nicht existiert. Dass der Granitblock mit meinem Namen darauf, der tausend Jahre, zehntausend Jahre, die Ewigkeit überleben wird, dass dieses Stück Granit der unwiderlegbare Beweis für meine Unsterblichkeit sein wird. Dass die hier oder am anderen Ende der Welt verstreute Asche, die unter den Hufen des Rehs über Wälder fliegen wird, die ich nie überflogen habe, die Asche, die im Bauch der Muräne Flüsse und Meere durchqueren wird, deren Namen ich nicht mal kenne, dass diese Asche der Nachweis meines ewigen Lebens sein wird.

Erzählt mir nichts von Gott.

Erzählt mir nichts mehr.

Das Paradies ist ein Ort für Tauben.

Der Gestank von Scheiße lässt sich nicht mit einem Kirschbaum überdecken.

Erinnert ihr euch? Das hat Mam gesagt.

Erinnert ihr euch? Sie hatte Recht.

Das Universum hat sich Gott ans Revers geheftet.

Gott ist ein Sticker.

Ich will mehr als das.

Jean steht auf, geht tastend um mich herum, stellt sich hinter mich. Dabei reißt er mir ein Ohr ab. Das, was mir von den beiden noch geblieben war. Ich betrachte es, es liegt neben dem rechten Rad meines Rollstuhls, ein kleines Ding, das mir nicht mehr gehört. Ich beuge mich etwas vor, suche den Schmerz, horche in mich hinein, schaue suchend um mich, aber er ist verschwunden. Doch ich vertraue auf ihn, er wird wiederkommen, wenn ich ihn nicht mehr erwarte.

Die vom Feuer verschonten Füße des Riesen nackt auf den Fliesen. Seine Hände auf den Griffen des Rollstuhls. Wir sind bereit. Richtige Champions. Zu zweit, endlich, vielleicht kein ganzer Mann, aber beinahe.

Ich singe weiter, immer und immer wieder, immer dieselbe Ode an die Freiheit.

Dieses Lied, das zwischen meinen Zähnen hervorkommt und für alle anderen außer uns nicht zu verstehen ist.

Zu zweit, endlich, etwas, das sich vorwärts bewegt.

An der Tür angekommen, beuge ich mich vor, um sie zu öffnen.

Mit einem Schlag nimmt der Schmerz wieder seinen Platz ein, schmiegt sich an meine Eingeweide wie ein Welpe, leckt mit seiner brennend heißen Zunge an meinen Organen, und ich weiß jetzt, dass die Trauung vollzogen ist und ich mit ihm verheiratet bin, bis der Tod uns scheidet.

Geografiestunde 8
Amerika – Teil 2

Neunzehnhundertdreiundneunzig wollte Garry Hoy, ein angesehener Anwalt aus Toronto, seine Kollegen von der Robustheit der Fenster ihrer Kanzlei überzeugen. Eine Art Metapher für die Solidität des Unternehmens. Garry Hoy warf sich mit aller Kraft gegen den Fensterrahmen in der achtzigsten Etage des Wohnturms. Der Schuss ging nach hinten los. Unnötig zu sagen, dass der Anwalt danach keine großen Töne mehr gespuckt hat.

Mam sagte immer, ein sinnloser Tod sei tausendmal besser als Krebs. Als plötzlicher Herzstillstand. Die beste Strategie, fügte sie hinzu, damit man sich an dich erinnert, ist es, wie ein Alpenkretin zu sterben. Die Ironie, sagte sie weiter, macht aus deinem Ableben eine Art Meisterwerk. Ein Ereignis, das in die Annalen eingeht. Ein Ereignis, über das die Leute sprechen, das sie an den einen und den anderen weitergeben, bis du und dein schwachsinniger kleiner Tod mehrmals die Erde umrundet habt.

Unsterblichkeit: erreichst du nicht, wenn du intelligent abkratzt. Mit anderen Worten: nur, wenn du so absurd wie möglich stirbst.

Mam hatte alles kapiert.

Oder überhaupt nichts.

Das zu beurteilen überlasse ich euch.

Ich jedenfalls halte mich da raus.

Tatsache ist, dass mir ihre kleine Theorie schlagartig wieder in den Sinn kam, als ich in der Notaufnahme erwachte.

Nach der Zerstörung des Dorfes.

Während des Feuers.

Bevor alles in Schutt und Asche gelegt wurde.

Da war dieser Typ, der mir eine Sauerstoffmaske aufs Gesicht drückte, und da war der Schmerz, so stark und so schön, im Blut und auf der Haut, der Schmerz, der sich ins Innere jeder meiner Zellen geschlichen hatte, in alles, was noch von mir übrig war, der alles verschlang und mir zuflüsterte: Wir werden uns nie verlassen, Alter, wir beide, versprochen ist versprochen, und meine eigenen Schreie dröhnten mir in den Ohren, ein Echo meines Martyriums, eine perfekte Ohrfeige. Und was tat ich? Ich dachte an das, was Mam immer gesagt hatte.

Manchmal wünscht man sich, tot zu sein, ich schwör's euch.

Medizin für die Nullen 12

Jean schiebt, ich lenke.

Man hätte es ahnen können, mein neuer Leibwächter schläft wie ein Stein. Da könnten fünfhundert Tom Cruises aufkreuzen, bis an die Zähne bewaffnet, Verrückte mit Disney-Masken, die mir hasserfüllt die Klinge unter die Nase halten und ihre bescheuerte Ideologie servieren, mein Wächter würde nicht aus seinem magischen Schlaf erwachen. Dafür verwette ich meine Beine, die neuen, die direkt hinter mir her schlurfen und auf den süßen Namen Jean hören.

Er schnurrt wie ein Kater, der Typ, mein Leibwächter, als wüsste er, dass lautes Schnarchen ihn selbst aufwecken könnte.

Wir rollen also den langen Flur entlang, Jean und ich, und das geht erstaunlicherweise wie geölt, es läuft wie am Schnürchen.

Am Ende des Korridors berühre ich Jeans

linke Hand, damit er weiß, dass wir links abbiegen müssen.

Ein paar Meter weiter dann, rechts, das Schwesternzimmer. Aus ihrem Getuschel schließe ich auf den tragischen Fall eines frisch Eingelieferten. Aus ihrem Gekicher darauf, dass dem Mann, sollte er abkratzen, die Unsterblichkeit sicher ist.

Natürlich denke ich an Mam.

An ihre kleine Theorie.

Wie es aussieht, ist der Typ nämlich von seinem eigenen Sattelschlepper überrollt worden.

Wir sind zwei Meter von dem Schwesternzimmer entfernt, dessen Tür nur angelehnt ist.

Der Verletzte, »der Idiot«, wie sie ihn nennen, hatte wohl auf einer Landstraße eine Panne.

Wir sind einen Meter fünfzig von dem Zimmer entfernt, als Jean mir die Hand auf den Kopf legt, um sich zu vergewissern, dass ich noch da bin.

Der Idiot ist ausgestiegen, um die Motorhaube aufzumachen. Na ja, um nachzusehen. Er hat sich am Kinn gekratzt und ist um den Sattelschlepper herumgegangen.

Noch einen Meter. Jean legt mir die Hand auf die Schulter, als wollte er zu mir sagen: Hast du gehört? Ein Idiot. Wie wir.

Der Sattelschlepper rollte weiter, weil der Idiot vergessen hatte, die Handbremse anzuziehen.

Ich höre Mams schallendes Gelächter in den Tiefen meiner Erinnerung. Ich höre sie applaudieren wie im Theater.

Nur noch wenige Zentimeter trennen uns von der angelehnten Tür. Jean bremst ab. Auch er brennt darauf, das Ende der Geschichte zu hören.

Auch er weiß, dass von ihm die Rede ist. Von mir. Von allen Idioten aller Dörfer Frankreichs und Navarras.

Ich kann sie durch den Türspalt sehen, die Krankenschwestern. Es sind nur zwei, sie lackieren sich die Fingernägel.

Blutrot.

Der Sattelschlepper kommt ins Rollen, und der Typ steht davor, presst seine Hände auf den Kühler und stemmt sich dagegen.

In diesem Moment denkt er wohl an all die Stunden, die er damit verbracht hat, Gewichte zu stemmen, und dass das jetzt endlich mal zu etwas nutze ist.

Ich denke sofort an den schiefen Turm von Pisa.

Unsere kleine Crew hält direkt vor der Tür.

Der Idiot drückt mit aller Kraft, mit ganzem Herzen. Logik wird dabei bestimmt nicht ins Gewicht fallen.

Ich berühre Jeans Arm mit dem Stumpf, der weniger weht tut. Er reagiert nicht. Er will wissen, was mit dem Idioten passiert. Mit unserem Bruder.

Wir ahnen es. Ihr und ich. Wir wissen, dass der Idiot seine Muskeln anspannen wird, sogar beobachten wird, wie sie anschwellen, nicht wenig stolz auf ihre beeindruckende Härte, darauf, wie sie die Haut spannen, ihr die Jugend zurückgeben. Dass er sich weigern wird, sich den Tatsachen zu beugen, weil er weiß, dass die Tatsachen sich genauso gut uns beugen können, wenn man sich gegen sie stemmt.

Ich spüre Jeans Atem in meinem Nacken, auf dem einzigen Zentimeter, den man freigelassen hat.

Die Krankenschwester ist verstummt. Ich beuge mich ein wenig vor und spähe durch den Türspalt. Sie schraubt gerade das Nagellackfläschchen zu und stellt es auf den Tisch. Die andere wartet. Auch sie ahnt das Ende der Geschichte des Mannes, diesen absurden Tod, der im Krankenhaus die Runde machen wird, bevor er in der Stadt und, mit etwas Glück, in der Welt die Runde machen wird. Sie ahnt es, aber sie will es hören.

Auch ich möchte es hören, möchte, dass man es mir erzählt. Der Mann gehörte zu meiner Familie, und ich möchte wissen, was mit ihm geschehen ist, was den Familien im Allgemeinen von ihren Angehörigen in Erinnerung bleibt: die

Umstände ihres Todes. Ihr Leben verschwindet mit den Jahren und über die Generationen hinweg am Ende in der Versenkung. Ihr Tod überlebt die Zeit.

Jean steht reglos hinter mir. Seine Traurigkeit erdrückt mich. Die Krankenschwester gähnt, dann sagt sie, schlicht und einfach, als genügten die Fakten sich selbst, als müsste ihnen nichts hinzugefügt werden: »Er hat gedrückt und gedrückt, und dann hat ihn sein Sattelschlepper überrollt. Er wird nicht durchkommen.«

Ich warte darauf, dass die andere kichert, aber es bleibt still.

Jean schiebt weiter.

Es ist mitten in der Nacht, das Krankenhaus keucht wie ein Lungenkranker, hustet seinen bösen Husten von Zimmer zu Zimmer, und wir schrecken jedesmal hoch.

Der Aufzug am Ende des Korridors. Er steht bereit. Mit viel Mühe drücke ich auf den Knopf –1.

Unten wieder ein Korridor, kühler, dunkler, auch länger. Vielleicht kommt einem das auch nur so vor, weil hier nichts lebt. Entvölkerung lässt die Räume größer erscheinen. Es gibt keine kleinen Wüsten.

Ich rolle in Elisas Zimmer, in dem auch noch einige andere liegen.

In diesem Moment bin ich nicht mehr ich selbst. Ich bin mehr als das.

In Elisas Anwesenheit bin ich mehr als ein Mensch. Mehr als eine Biographie. Ich bin die gesamte Menschheit, bin Pflanze und Tier, bin der Wind unter den Röcken der Mädchen, bin das Echo aller vergangenen und zukünftigen Katastrophen, und das ist wohl das, was ihr mit eurem armseligen Vokabular Liebe nennt.

Anti-Lektion 33

Einhundertzweiundzwanzig Minuten, bevor das Dorf der Idioten nur noch Schreie und Arme war, die sich gegen Gott erhoben, einen Gott, der damit beschäftigt war, über das Himmelszelt zu stolzieren, dachte ich an Elisa. Mehlstaubbedeckt bewegte ich mich auf den wenigen Quadratmetern der einzigen Küche des Dorfes, die mit den nötigen Utensilien der Kochkunst ausgerüstet war. Es war Georges' Küche, und man musste sich darüber wundern, dass keines der achtunddreißig rostigen Messer, die die vom Blut von Rindern, Kälbern und anderen Tieren, befleckten Arbeitsflächen schmückten, je die Haut eines Idioten oder eines anderen Menschen geritzt hatte. In einem Dorf wie dem unseren kam das einem Wunder gleich.

Es war meine Idee gewesen. Ein Festessen, ohne dass es etwas zu feiern gegeben hätte. Ein feierliches Bankett, um nichts zu feiern.

Außer der Erschaffung des Paradieses, natürlich.

Gott, der alte Faulpelz, wird in Zukunft nichts anderes mehr tun müssen, als uns zu plagiieren.

Ein königliches Fest ohne irgendetwas, was wir hätten begießen können, abgesehen von unserem Sieg über alle Zyniker, Dreckskerle, korrumpierten Schweine, Profiteure, Lästermäuler, Herzlose, Emporkömmlinge, Arschkriecher, Heuchler, geldgierigen Egoisten und allen sonstigen menschlichen Müll.

Der Welt, dieser Hure ohne Glauben und ohne Gesetz, würde nichts anderes übrig bleiben, als uns zu beneiden.

Ein Festschmaus zu Ehren von Leuten, die nicht im Geringsten ahnten, was sie aufgebaut hatten, und ich würde der Letzte sein, der sie mit der Nase auf das Wunder stieß, das sie vollbracht hatten.

Also hatte ich ihnen nur gesagt, dass wir uns den Bauch vollschlagen wollten, ohne irgendeinen Grund, einfach so. Ohne den kleinsten Vorwand.

Und alle hatten angefangen, vor Freude zu brüllen, als wäre die Tatsache, dass wir keinerlei Grund hatten, uns den Bauch vollzuschlagen, bereits einer.

Das Fleisch stand auf dem Feuer, die Kartoffeln kochten im Wasser, und ich wusste bereits jetzt, dass nichts davon einen Geschmack haben würde, höchstens einen sehr schlechten, einen Geschmack nach Verunglücktem, Verpfuschtem, aber ich wusste auch, dass das nicht wichtig war.

Wir würden den Fraß mit demselben Appetit hinunterschlingen wie ihr den Hummer an eurem dritten Hochzeitstag.

Das Rinderfilet »Rossini« am dritten Jahrestag eurer Scheidung, einem vielleicht noch freudigeren Ereignis.

Das lauwarme Tier zwischen den Schenkeln eurer Frau, eurer Geliebten, aller früheren und zukünftigen Schlampen.

Mir blieb nur noch, ein paar Torten zu backen. Ich hatte kein Mehl mehr, das letzte Paket war zwischen meinen Händen aufgeplatzt. Raton hatte welches. Raton hatte die Ratten nach wie vor auf dem Kieker und war felsenfest davon überzeugt, dass Mehl sie in die Flucht schlagen würde. Er sagte zu uns: »Da können die Scheißviecher ihre widerlichen kleinen Schnauzen reinstecken, in das Mehl, aber lange werden sie nicht lachen.« Er hatte die Pakete bis unter die Decke gestapelt. Und auf dem Boden waren eure Fußspuren zu sehen wie auf Lehm.

Auf dem Weg zu Raton sah ich nur Elisa. Das Puzzle ihres mageren Körpers in tausend Stücken überall auf der Erde und am Himmel. Ständig spürte ich ihre Knie, ihre spitzen Ellbogen und ihren Rücken, der von einem zarten braunen Flaum bedeckt war.

Ich sah sie an den Ästen der Bäume, ich sah sie im Staub auf den Wegen. Sie hatte sich in meinem Gedächtnis zusammengerollt wie auf einem Sessel, nackt und zutraulich, und ich wusste, sie war für immer mein. Selbst wenn man sie mir wegnehmen sollte, würde sie mir gehören, weil sie in mir war.

Mit der Liebe ist es wie mit der Lehrzeit. Die Geste, mit der man die Schnürsenkel bindet, verlernt man nicht, sie prägt sich den Fingern auf immer ein. Die geheimsten Winkel der Frau, die ihr liebt, vergisst euer Penis nie, genauso wenig wie euer Herz die Leidenschaft, die sie in euch auslöst.

Während ich neben Elisas winzig kleinem Po herging, Richtung Zerstörung des Dorfes, vor meiner Nase ihre makellosen Mädchenbrüste, Richtung ratzekahler Auslöschung unseres heimischen Herdes, genoss ich es, dass ich sie besaß, und das war das Einzige, was zählte.

Als ich meinen Blick zur Sonne hob, sah ich ihre knochigen Schultern. Wie ein Gerippe, das darauf wartet, mit Haut bedeckt zu werden.

Raton lag mitten im Zimmer auf dem Boden, auf dem Rücken. So verbrachte er die meiste Zeit. Um sich herum hatte er rund zwanzig Mausefallen aufgestellt, die einen Kreis bildeten.

Kleine Käsewürfel lagen in den Fallen, aber die waren nicht hochgeklappt. Das Ganze war zu absolut nichts nütze.

Ich hob anerkennend den Daumen: Super, Alter. Sehr pfiffig, deine Methode. Natürlich hab ich ihm nicht gesagt, dass man die Klappe hochziehen muss, damit die Feder zuschlagen kann. Ich habe es mir verkniffen, ihm das Ganze zu demonstrieren. Ich hatte nämlich keine Lust, dem Massaker seiner Finger beizuwohnen.

Raton gab mir drei Kilo Mehl und fragte, ob ich schon ein Nest hätte.

»Ein Nest?«

»Weil, wenn du ein Nest hast, bist du im Arsch. Wenn sie einzeln kommen, wirst du locker mit ihnen fertig.«

»Das Mehl ist für die Torten«, sagte ich zu ihm.

»Torten? Kriegt man sie damit?«

»Die sind zum Essen.«

»Ah, sehr gut.«

Raton war nicht nur dumm, er war auch verrückt.

Eine doppelte Strafe, die ihm die Tore zum Garten Eden geöffnet hatte.

Zu einem Ort, an dem selbst Ratten nichts zu befürchten hatten.

Anti-Lektion 34

Das Ganze sieht dem Letzten Abendmahl zum Verwechseln ähnlich. Nur dass um Pierrot herum viel mehr als zwölf Leute sitzen. Und dass wir uns die Zähne an einem unmöglich zu brechenden Brot ausbeißen.

Und ich sehe keinen einzigen Verräter unter meinen Freunden, keinen, dem das Judaskostüm passen würde.

Die Tische sind verschieden lang, die Stühle verschieden hoch, alles steht kreuz und quer im Raum. Man unterhält sich, wirft den Kopf zurück, stößt mit den Ellbogen wild um sich, verdreht die Augen.

Am anderen Ende dieses entgleisten, nur durch Kerzen beleuchteten Nachtzuges: Elisa.

Sie isst nicht. Sie spricht nicht. Sie wirft den Kopf nicht zurück, schaut starr vor sich hin.

Und direkt vor ihr: ich.

Ich, der arme Irre, der an nichts anderes

mehr denkt als an sich selbst, der nur noch in einer Zukunft existiert, die nie kommen wird, ich schaue auch starr vor mich hin.

Und direkt vor mir: Elisa.

Elisa, die sich nichts anderes mehr erhofft als ein träges Leben ohne Morgen.

Wir sind beide aus einem Holz geschnitzt, das niemand um sich haben will. Das Holz, aus dem Särge gemacht werden.

Wir sind die Ausgeschlossenen unter den Ausgeschlossenen.

Wir sind Adam und Eva in einer Kugel aus Panzerglas.

Mir schräg gegenüber, etwas höher, auf einem alten Barhocker, sitzt Pierrot und unterhält sich mit Jean. Seine Worte sind Vögel, die davonfliegen und sich in der Unendlichkeit des Himmels verlieren. Fünf Minuten haben sie noch in ihrem Käfig, dann werden sie krepieren, mit offenem Schnabel und gebrochenen Flügeln.

Fünf Minuten bleiben uns, um von der delikaten, köstlichen Weisheit zu kosten.

Ich spitze die Ohren, denn ich sage mir, dass wir uns keine Silbe entgehen lassen dürfen, wenn unsere eigene Weisheit nur aus dem Quark besteht, den Mam Tag für Tag abgesondert hat.

Pierrot sagt etwa Folgendes: »Nichts, was du bis zu diesem Tag gemacht hast, ist von Bedeutung. Deine Vergangenheit ist die eines anderen.

Die Vergangenheit eines jeden von uns ist die eines anderen. Wir sind heute nicht mehr die, die wir gestern waren. Denk nicht mehr an deine ertrunkene Schwester. Sie ist die Schwester eines anderen.«

Pierrot berührt Jeans Arm und fügt hinzu: »Jeden Morgen wird in jedem von uns ein neuer Mensch geboren. Der, der wir gestern waren, ist im Schlaf gestorben. Alles beginnt von vorn. Jeden Tag. Und alles stirbt. Jede Nacht.«

Die kleinen Vögel fliegen davon, flattern eine Weile um mich herum, bevor sie das Weite suchen. Bevor sie sich im Himmel verlieren.

Warum müssen die Wörter, die aus meinem Mund kommen, in den Staub, die Asche, den Müll fallen wie stinkendes Aas?

Ich stehe auf und sage, es ist unglaublich, dass wir da hinkommen konnten, wo wir jetzt sind.

Aber niemand hört mir zu.

Genauso gut könnte ich in einen Kontrabass kacken.

Ich sage, wir haben unser Ziel erreicht, jetzt können wir ruhig sterben, in diesem Moment, und nichts wird uns unseren Sieg nehmen können.

Virginie stellt die Torten auf den Tisch, und sofort stürzen sich alle darauf.

Wie ein einziger Mann.

Wie ein einziger Idiot.

Ich sage, ich habe mein Bestes gegeben beim Teiganrühren.

Genauso gut könnte ich die Wand anbellen.

Ich sage, ich habe alles aus mir herausgeholt beim Obstkochen.

Ich sage, was zählt, ist die Absicht, nicht das Ergebnis.

Aber wenn man sich das Ergebnis anschaut, muss man sagen, dass ich etwas besser hätte aufpassen müssen.

Medizin für die Nullen 13

Man friert sich hier unten die Eier ab.

Arme Elisa, hier liegt sie nun, in der Kälte, in einem dieser großen Kühlfächer, umgeben von so vielen anderen und dabei doch so allein.

Ihr Tod ähnelt so sehr ihrem Leben, dass man beide leicht miteinander verbinden könnte. Und genau das ist es, wozu ich mich entschlossen habe, seit Ersterer Letzteres vertrieben hat.

Mit etwas gutem Willen kann man aus der Realität genau das machen, was man will. Sehr oft das Gegenteil. Ihr genaues Gegenteil.

Jean schiebt mich von Tisch zu Tisch, und ich hebe die weißen Tücher hoch, eins nach dem anderen.

Die meisten Leichen sind alt, Männer und Frauen, die Zeit gehabt haben zu leben, vielleicht zu lieben, ganz sicher zu leiden. Ihre Gesichter gleichen sich, hohlwangig, mit trockenen Lippen und geschlossenen Augenlidern, überall die gleiche bläuliche dünne Haut, starr und tiefgefroren.

Der Tod, dem wir irgendwann einmal alle gehören werden, legt ein und dieselbe Maske auf unsere Gesichter, eine Maske wie ein Siegel, wie ein Stempel. Wir reisen zu ihm mit demselben Passierschein, wir wirbeln durch die verschlungenen Windungen einer Sphäre, deren Horizont sich dort verliert, wo das Unendliche beginnt; wir vergessen, wie wir gelebt haben und wie wir gestorben sind, und was bleibt, ist Asche, Staub. Nichts als Staub und Wind um uns herum.

Ich freue mich für Jean. Seine Blindheit erspart ihm diesen Anblick.

Das wäre gar nicht nötig gewesen, werdet ihr sagen, er könnte sowieso nicht weiter sehen, als seine Nasenspitze reicht.

Wir setzen unseren Rundgang fort, bleiben hier am Fuß einer Leiche, da an einem Tischbein hängen.

Und endlich, ganz hinten, auf dem letzten Tisch, gegen den wir stoßen, unter dem letzten Tuch, das wir hochheben, finde ich, was ich suche.

Anti-Lektion 35

Ich sage: »Esst, meine Freunde, und hört nicht auf das, was ich sage, es ist ohne Bedeutung.«

Einer der Dorftrottel hebt den Kopf, sein Gesicht ist von gekochten Erdbeeren verschmiert.

Ich sage: »Esst und vergesst, dass dieser Tag irgendwann zu Ende gehen wird.«

Ein anderer Depp springt auf, und aus seinem Mund kommt ein Schrei wie eine Sirene.

Ich beiße mir auf die Lippen, bevor ich hinzufüge: »Und vergesst auch, dass ich das gerade gesagt habe.«

Ein weiterer Idiot springt auf, fällt aber sofort um. Und krümmt sich. Und hält sich den Bauch.

Ich spreche lauter, damit meine Stimme zu hören ist bei dem um sich greifenden Gestöhne: »Ich habe nichts gesagt, Leute, gar nichts, nicht nötig, dass ihr euch so aufregt.«

Georges, der mit den Fingern gegessen hat, schnappt sich seine Gabel und steckt sie sich tief in den Mund. Schaum perlt in seinen Mundwinkeln.

Ich schreie: »Vergesst, was ich gesagt habe, so wie ich alles vergessen habe, was Mam gesagt hat.«

In diesem Moment bemerke ich Pierrots Augen. Blutrot sind sie auf mich gerichtet. Eine zinnoberrote Perle rinnt ihm über die Wange, vorbei an der Nase, bis hinunter zum halb geöffneten Mund, dem riesigen Mund, der nichts als Schweigen ist, und die Perle platzt und ergießt sich über die Lippen. Pierrots Augen sind nicht mehr auf mich gerichtet. Pierrots Augen sind tot, blind. Sein Instinkt befiehlt ihm, sich dem Lärm zuzuwenden. Und der Lärm, das bin ich.

Die Schreie: ich.

Das Brüllen wie das eine Kalbes, das man für immer seiner Mutter entreißt: ich.

Jean, neben Pierrot, hält sein Stück Erdbeertorte in der riesigen Hand, jener Hand, die fähig ist, mit einem Streicheln zu töten.

Mit dem Handrücken lasse ich die Torte durch die Luft fliegen.

Ich habe ihm soeben das Leben gerettet.

Raton war nicht blöd: Er wusste sehr wohl, dass Mehl alleine den Ratten nichts anhaben kann.

Aber Mehl mit Rattengift vermischt, das funktioniert hervorragend.

Medizin für die Nullen 14

Sie sieht noch magerer aus als früher. Nur Haut und Knochen, mehr noch: Die Knochen drohen die Haut zu durchstoßen, sie wie einen zu eng gewordenen Kokon aufzureißen. Und damit das alles zu ertragen ist, damit das Unmögliche möglich wird, ziehe ich der Realität das Fell ab wie einem Hasen.

Elisa öffnet die Augen.

Mein Gedächtnis färbt sie braun, und dann verleiht es dem Gesicht wieder etwas Weichheit, den Wangen etwas Blut.

Mit Hilfe meiner Erinnerungen, die alles sind, was von uns übrig bleibt, der dünne Faden, der uns noch mit eurer Welt verbindet, lasse ich sie ein wenig fülliger erscheinen und ordne ihr Haar, lasse ihren zu langen Pony über die Stirn fallen, um das Ganze dann mit Hilfe meines Gedächtnisses zu verfilzen, denn Elisa hat sich die Haare nicht oft gewaschen.

Unter dem Tuch ist sie nackt. Ich staffiere sie mit denselben scheußlichen Kleidern aus, die ich an ihr gekannt habe. Ich mache dieselben Flecken an denselben Stellen, reiße dieselben Löcher in den Stoff ihrer Hose, lasse die Nähte aufplatzen, so wie sie früher aufplatzten.

Doch mein Gedächtnis legt kein Lächeln auf ihre Lippen, denn gelächelt hat Elisa nie.

Eigentlich muss sich mein Gedächtnis kein Bein ausreißen, denn Elisa sah bereits zu Lebzeiten wie eine Tote aus.

Anti-Lektion 36

Es gibt nichts mehr für mich zu tun.

Die verdrehten Augen und die rudernden Ellbogen und die zurückgeworfenen Köpfe haben nichts mehr mit der Akrobatik eines optimalen Gespräches zu tun.

Sie haben auch nichts mehr mit sozialem Verhalten zu tun.

Ich sehe Raton wie einen Verrückten nach Hause laufen.

Begreift er, dass das Ganze nicht seine Schuld ist und dass er sich deswegen keine Vorwürfe zu machen braucht?

Dass das Paradies der seligen Armen im Geiste und der glücklichen Idioten und der ganze Scheiß nichts anderes ist als die blühenden Kirschbäume, die den Gestank von Scheiße überlagern sollen?

Begreift er, dass ich für alles verantwortlich bin, der Einzige, dem nicht verziehen werden kann, der Einzige, der es hätte ahnen können?

Das Mehl hat merkwürdig gerochen.

Ich bin der Einzige, der hinter dem merkwürdigen Geruch etwas anderes hätte vermuten können.

Und das Mehl war auch nicht sehr weiß.

Ich bin der Einzige, den das hätte misstrauisch machen müssen.

Und in den toten Insekten in Ratons Haus, dessen Mauern höher sind als er, dazu bestimmt, ihn zu beschützen, in den Hunderten von Insektenleichen habe ich kein böses Omen gesehen, sondern lediglich einen netten kleinen Insektenfriedhof.

Ich war der Einzige, der wusste, was Argwohn ist.

Ich war der Einzige, der wusste, dass man irgendwann für alles bezahlen muss.

Es war Mam, die mir diese Lektion erteilt hatte.

Ich hatte mich dafür entschieden zu leugnen, was ich war.

Mein sehnlicher Wunsch, zu etwas zu gehören, das größer ist als ich selbst, hat aus mir einen der größten Massenmörder aller Zeiten gemacht.

Jetzt gibt es nichts mehr, was ich tun könnte.

Mam.

Mam.

Hat dein Wörterbuch einen Eintrag für *Gegengift*?

Hat es eine genaue Definition für *Magenspülung*? Mit erläuternden Abbildungen?

Elisa hat sich nicht bewegt. Sie sitzt immer noch auf ihrem Platz und schaut starr vor sich hin, und ich tröste mich damit, dass ihre Anorexie zumindest sie verschont hat.

Das Leben, in das man sie gestürzt hat, gedrängt hat, immer und immer wieder, mach weiter, dann wirst du schon sehen, halt die Klappe und mach weiter, bis sie gestolpert ist, dieses Leben hat ihr nie den geringsten Appetit gemacht. Tag für Tag hat sie es mit gequältem Gesicht hinuntergeschluckt. Jedes Treffen, jedes Ereignis, selbst das unwichtigste, hat ihr sich wehrender Körper in sich aufgenommen. Dieser fürchterliche, unheilbare Ekel vor allem hat sich in ihr ganzes Wesen gefressen, und jetzt klingt eine Symphonie in ihren Ohren wie unerträglicher Lärm.

Das Fell des Kätzchens fühlt sich für sie an wie Schmirgelpapier.

Und eine Erdbeertorte schmeckt für sie wie Teer.

Ihre Lippen scheinen Silben zu formen. Ich beuge mich zu ihr hinunter, presse mein Ohr an ihren Mund, lege meine Hände auf ihr hohlwangiges, bleiches Gesicht und sage mir, dass ich sie schon immer mit dieser Totenmaske gekannt habe.

Sie sagt zu mir: »Ich habe dir nie Freude bereitet. Ich weiß es. Ich habe vergessen, was das ist, Freude bereiten.«

Ich streiche ihr übers Haar.

Ich denke an Teer, und ich sage mir, dass niemand freiwillig so etwas essen würde, für kein Geld der Welt.

Sie sagt: »Ich wollte es wieder neu lernen.«

Doch dann sage ich mir, der Magen hängt mir bis in die Kniekehlen, dass ich für Elisa die ganze A10 fressen könnte.

Das Tortenstück auf ihrem Teller ist angebissen.

Medizin für die Nullen 15

Ich bitte Jean, mir auf den Tisch zu helfen und mich neben Elisa zu legen.

Zum ersten Mal scheint er nicht zu verstehen, was ich sage, denn er rührt sich nicht. Ich wiederhole meine Bitte, und erst jetzt wird mir bewusst, dass kein Ton aus meinem Mund kommt. Ich habe meine letzte Waffe verloren. Mein letztes Aufgebot. Unfreiwillig habe ich aus meiner Realität ein Schweigen gemacht, das zu brechen ich nicht fähig bin. Meine Zunge hat den Geist aufgegeben. Ich spüre sie in meinem Mund, ein kleines totes Tier, begraben an dem Ort, an dem es gelebt hat.

Ich berühre Jeans Arm. Spontan erfinde ich ein Morsealphabet der Berührungen, eine Sprache, die nur uns gehört, dem Blinden und dem Stummen, vereint in Gesten, in einem Tanz der Hände und der Finger, mit dem wir alles, all unsere Wünsche ausdrücken können. Im Rhythmus der Wörter, die nur in meinem Kopf zu hören sind, klopfe ich ihm auf die Hand: Leg mich neben Elisa, leg mich neben Elisa.

Ein Idiot weiß, dass er nichts weiß. Er weiß nicht einmal, dass er die Fähigkeit hat, Wünsche zu erraten.

Jean schiebt den einen Arm unter meinen Hintern, den anderen unter meinen Rücken. Ich bin so leicht wie ein Neugeborenes. Jean legt mich so behutsam und mitfühlend auf Elisas Bett, dass es nicht mehr nötig ist, die Realität zu verändern: Jean ist besser als alles, was meine Vorstellungskraft jemals aus ihm machen könnte.

Anti-Lektion 37

Ich würde gerne die Realität verändern.

Ich würde gerne die Realität verändern, die mir Raton zeigt, der mit etwas zurückkommt, das aussieht wie ein Rattenvertilger.

Stattdessen würde er mit einem Defibrillator bewaffnet zurückkommen.

Ich würde gerne die Realität verändern, die mich hören lässt, wie er schreit, er habe alle Ratten entlarvt, die sich als Menschen verkleidet hätten, das könne man nicht mit ihm machen, wenn das Mehl so etwas unter uns anrichten könne, beweise das, dass wir alle dreckige kleine scheißefressende Nager seien.

Stattdessen würde er schreien, dass er wisse, wie man Tote wieder zum Leben erweckt. Dass er es vor langer Zeit an Jesus ausprobiert habe.

Ich würde gerne die Realität verändern, die mir zeigt, wie er das Feuer mit etwas eröffnet, das sich als ein Flammenwerfer Modell Vietnamkrieg herausstellt.

Als sein Rattenvertilger.

Als das, was er vermutlich für den Fall aufbewahrt hat, dass das Mehl nicht mehr ausreichen würde, um ihn vor seiner persönlichen Hölle zu schützen.

Ich weiß, es ist zu spät, um über Vergangenes nachzudenken. Was war, wird nicht verändern, was wird, und dennoch springt mich in diesem Moment die Erinnerung an Ratons Ankunft im Dorf an wie eine dreckige, aggressive Bestie, wie eine tollwütige Ratte, ja, ich sehe das nervöse Hinken wieder vor mir, das Gesicht wie ein Bombenkrater, das fehlende Auge, ein Loch, dem man nicht auf den Grund sehen kann, und dann das andere, das man wegen dem Chaos drumherum überhaupt nicht sehen kann, das Auge, das ich mir genauer hätte ansehen müssen, das Auge, in dem derselbe Wahnsinn aufblitzte wie jetzt, dieselbe Raserei, ich war der Einzige, der sie hätte sehen können, die Raserei, aber ich, ich habe nur das Abstoßende gesehen, das Hässliche, das unergründliche Loch.

Ich war nicht in der Lage, etwas anderes zu sehen als das Loch, und jetzt steht Raton an einem Ende unserer langen, chaotischen Tafel. Sein Auge lodert. Sämtliche Gräuel des Krieges blitzen in ihm auf, Kindersoldaten und Tretminen, verbrannte Erde und abgerissene Hände: der Tod, wenn er nicht mehr ist als bloße Rückentwicklung, wenn Straßen und Flüsse rot sind, wenn Schlamm und Dreck die Guten und die Bösen, die Bösen und die Guten bedeckt und verfärbt, wenn deine letzte Patrone jeden Unterschied ausgelöscht hat, der Geschmack nach Dreck auf deiner Zunge, der Geschmack nach Blut auf deiner Zunge, der Geschmack nach Scheiße auf deiner Zunge. Das alles in einem einzigen Auge.

In Ratons Auge.

So viel Ungeziefer zu vernichten, Gesindel in den letzten Zügen, aufgereiht wie auf einer Kette, dickes schwarzes, übelriechendes Blut, und dann diese Schreie, die nur aus dem Mund eines Feindes ohne Gesicht kommen können, größer als der Mensch, größer als dieser Abschaum, der sich zu seinen Füßen krümmt und windet, all das sehe ich jetzt in diesem Auge, in dem das Leben wütet, diesem Auge, in dem alles geschrieben steht, und ich, der größte Depp unter den Deppen, war dafür blind.

Ich könnte mich auf Raton stürzen, aber ich denke nur an Elisa. Und ich bin feige, vor allem bin ich feige. Warum es jetzt noch leugnen?

Ich schleppe Elisa fort, sie ist dreimal so schwer, wie sie ist. Ich stolpere über die kleine Eierverkäuferin, sie liegt auf dem Bauch, den süßen kleinen Po in die Luft gestreckt. Neben ihr liegt Lucien. Er hält sich einen kleinen weißen Slip vors Gesicht. An der Stelle seines Mundes breitet sich ein roter Fleck aus.

Ich würde gerne die Realität verändern, die mir zeigt, wie Raton seinen Flammenwerfer auf Pierrot richtet.

Stattdessen würde er mir Elisas leblosen Körper aus den Armen reißen, ihr T-Shirt zerfetzen und so die winzigen Brüste entblößen, die jugendliche Mädchenbrust, und ihr achthundert Volt ins Herz jagen.

Pierrot, der große Mann mit dem Feuerschopf, steht auf. Ich möchte glauben, dass ihm der Schmerz nichts anhaben kann. Er dreht sich ein paarmal um sich selbst, langsam, als wollte er sich ein letztes Mal an seiner sterbenden Utopie berauschen. Dann geht er in die Knie.

Er weiß, dass alles, was zu Ende geht, wieder beginnen wird. Woanders.

In anderen Zeiten.

Raton seinerseits ist gut vorangekommen in puncto Gemetzel. Methodisch beleckt er mit seiner mächtigen Flamme die Idioten, die sich an den Tischen hochziehen, auf die Füße zu kommen versuchen, die verdammten Idioten, denen der Gedanke, sich davonzuschleichen, nicht in den Sinn kommt, die verdammten Idioten, denen meine Schreie, die in einem Spektakel ersaufen, das ich nie für möglich gehalten hätte, das nur wenige Menschen jemals veranstaltet haben, keinerlei Hilfe sind. Und die meisten von ihnen sind nicht mehr da, um das zu bezeugen.

Ich würde gerne die Realität verändern, die mir das Bild menschlicher Fackeln ins Gesicht schleudert, Fackeln, die um unsere Hundestatue herumtanzen, um die rote, unbewegliche Sphinx, von der ich den Blick nicht losreißen kann; und die Nacht um uns herum, in die ein paar Kerzen hier und da Löcher brennen, ist keine Nacht mehr: sie ist irgendwas zwischen explosiver Morgenröte und infernalischer Abenddämmerung.

Stattdessen sehe ich nicht den dicken Körper von Virginie sich winden, wie nur eine sechzehnjährige Turnerin sich winden kann.

Stattdessen sehe ich nicht Georges sich um die eigene Achse drehend wie ein Feuerkreisel in dieser Nacht, die dem Tag nichts mehr schuldig ist.

Stattdessen bin ich woanders.

Stattdessen bin ich ein anderer.

Jeden Morgen wird in jedem von uns ein neuer Mensch geboren. Alles beginnt von vorn. Jeden Tag. Und alles stirbt. Jede Nacht.

Ich presse mein Ohr auf Elisas Mund. Ich warte auf einen Seufzer. Ich presse meinen Mund auf Elisas Mund. Der Geschmack nach Gift. Ich spucke aus.

In diesem Stadium ist der kleine Marktplatz ein Schauplatz wie jeder andere. Ich stehe auf. Man könnte meinen, ich klatschte Beifall, denn meine Hände treffen sich, entfernen sich voneinander und treffen sich wieder, und ich kann es nicht verhindern. Also wirklich, Bastien, denke ich, in so einem Moment Beifall klatschen! Ich suche den Himmel nach dem Mond ab. Das Flammenmeer legt sich wie ein roter Filter vor die schmale Sichel. Ich wische mit der Hand darüber. Man könnte meinen, ich freute mich an diesem Anblick, denn ich mache es immer wieder.

Elisa liegt zu meinen Füßen.

Ich bin woanders.

Ich bin ein anderer.

Von der anderen Seite des Platzes aus betrachtet Raton, das Gesicht rot, die Kleider rot, das Auge rot, sein Werk. Er sieht zufrieden aus. Er hat seinen Krieg gewonnen. Man wird ihn kein zweites Mal verarschen.

Mir scheint, dass die Atmosphäre des Wahnsinns um ein neues Lärmelement erweitert wird. Ich wende mich ihm zu. Meine Knie zittern nicht, mein Puls geht regelmäßig. Mein Verhalten ist normal. Alles deutet darauf hin, dass ich gar nicht so feige bin. Dass ich ein anderer bin. In diesem Augenblick eröffnet Raton das Feuer auf mich, und ich begreife. Ich bin wahnsinnig vor Wut. Weder tapfer noch ritterlich, keiner von den Typen aus euren nach Ruhm und Ehre stinkenden Romanen, einfach nur wahnsinnig vor Schmerz und Wut.

Das Feuer verschlingt mich wie ein ausgehungerter armer Teufel seinen Schweinefraß.

In Ratons Auge der Krieg mit allem Drum und Dran. Mit all seinen Schweinereien. Wegen der ganzen Scheiße, die er erlebt hat, wegen all dem Dreck und dem Gestank nach Scheiße und Blut, wegen den Menschen, die er getötet hat, als er nichts mehr verstand, wegen der Angst und der Pisse, die ihm glühend heiß die Schenkel herunterrinnt, wegen seiner Visage und seinem im Kampf verlorenen Auge, wegen all dem drücke ich Raton an mich mit den wunderbaren Fackeln, die an die Stelle meiner Arme getreten sind. Raton hat es wirklich verdient, dass man ihn in die Arme nimmt.

Medizin für die Nullen 16

Unser Lager ist schmal, aber Elisa so klein. Ich muss an Pierrots Eltern denken, die man im selben Sarg bestattet hat.

Erzählt mir nicht, dass das unwahrscheinlich ist. Ich weiß das besser als ihr.

Erzählt mir nicht, dass Pierrot gelogen hat, wie man lügt, wenn man liebt. Ich bin mir dessen vollauf bewusst.

Aber eure Scheißrealität, das sage ich euch, die könnt ihr euch in den Arsch schieben.

Unter der kühlen Erde möchte ich mit ihr liegen, ineinander verschlungen, der eine im anderen. Ein Baum soll dort stehen, direkt über unseren ineinander verschlungenen Herzen, unseren versunkenen Körpern, und man soll blasphemische Sprüche und versaute Kritzeleien in seinen Stamm ritzen.

Der Schmerz packt mich an den Kniekehlen, während ich mich an Elisa klammere. Seine Tentakel greifen nach meinen Schenkeln, nach meinem Bauch, kriechen in meine Organe, finden ihren Weg in mein Herz, entreißen mich dem Leben, sanft, wie in diesen Träumen, wenn sich die Zeit ausdehnt, wenn selbst der Regen sich alle Zeit der Welt lässt, wenn das Schweigen wie Schnee ist, unendlich, seidenweich. Mit letzter Kraft drehe ich Elisa auf die Seite und presse meinen Bauch an ihren tödlich kalten, vor Leben glühenden Rücken. Wir zwei sind jetzt beinahe ein ganzer Mensch, ein Fötus vielleicht, auf der Schwelle zum Leben, an der Bruchstelle zur Existenz, zwischen Leben und Tod, und wir balancieren über dem Abgrund, ohne uns um die Leere zu kümmern, die sich unter uns auftut.

Ich bin unsterblich. Ein Grabstein mit meinem Namen darauf wird es euch beweisen. Und meine Asche wird euch zuschreien, dass ich noch da bin.

Danksagung

Danke an Johann Bertelli, den Idioten, der ermöglicht hat, dass diese Geschichte ist, was sie ist.

Danke an Kevin Juliat, den Idioten, der mir half, als ich es verdammt nötig hatte.

Danke an Juliette Monnehay, Brigitte Harris und Tristan Mourre, die Idioten, die mich Tag für Tag ertragen.

Danke an Elodie Namer und Jeanne Tranié, die Idioten, die mit mir konkurrieren.

Danke an Julien Rizzo, den Idioten, ohne den ich nicht hier wäre.

Danke an Thibault Lang-Willar, einen Idioten mit einem tollen Lauf.

Und danke an Matthias Van Khache, den Idioten, der mich glücklich macht.